비밀생중계

김상미
소설집

궁리
KungRee

차례

⌒

★

정보통조림가게

"뭘 보고 있어?"

포치가 물었다.

"이거? 긍정채널."

점심식사 후 커피를 직접 내리며 핸드폰을 보던 빈은 재미 있는 걸 혼자 하다 들킨 아이의 표정을 지으며 말했다.

"긍정채널?"

포치가 되물었다.

"응. 여기는 긍정적인 뉴스만 나오는 채널이야. 우리 이웃 들의 미담을 비롯해서 밝은 뉴스만 나와."

"하하. 그런 채널도 있어?"

"응. 요즘 너무 자극적이고, 잔인하고, 폭력적인 소식을 주 로 접하다 보니 뉴스를 보는 것만으로도 정신적으로 지치고 힘들더라고. 세상이 험악해지는 것 같고. 가끔 이 채널을 챙 겨보면 우리 주변이 나쁘게만 변하는 건 아니란 걸 알 수 있어서 좋아. 세상을 대하는 자세의 균형을 잡는다고 해야 하나?"

빈이 말했다.

"노래하는 사람들이 성대를 망치면 안 되듯, 작가에게 중요한 감성을 잘 관리하려면 그런 채널도 필요하긴 하겠다. 그렇지만 반대로 긍정채널만 보면 너무 이상주의자들만 나올 것 같은데?"

포치가 고개를 갸웃거리며 말했다. 그때 포치의 핸드폰에서 알람이 울렸다. 메시지를 확인한 포치의 얼굴이 일그러졌다.

"아! 뭐야. 이러면 곤란한데…"

포치는 귀찮은 표정으로 짜증이 섞인 푸념을 뱉었다.

"왜?"

빈은 궁금한 표정으로 포치를 봤다.

"이거 봐."

포치는 빈에게 문자를 보였다.

귀하께서 어제 구입하신 지식 상품 목록 중에 오늘 날짜로 사실의 가치가 0으로 떨어지는 상품이 있어 연락드립니다. 가까운 시일에 방문해주시면 무상으로 업그레이드 해드리겠습니다.

– (주)정보의 모든 것

"뭐야. 너 같은 책벌레도 이런 서비스를 이용해?"

빈은 의아하다는 표정을 지었다.

"응. 내가 모든 정보를 알 수는 없잖아. 그렇게 하려면 들여야 하는 시간도 엄청나고. 급한 대로 이용하고 있지. 다만 정보를 빨리 습득하는 건 좋은데 확실하지 않은 정보가 제공되었다가 취소되는 사례가 적지 않아 불편해. 그래서 조금 더 신중한 정보회사로 옮겨볼까 생각 중이야."

"신중한 정보회사?"

"응. 정보를 선택해서 제공하는 게 조금 보수적인 곳이 있어. 참고문헌이나 논문에 대한 검증이 끝난 정보를 제공하는 곳인데, 핫한 정보가 늦게 업데이트되는 단점이 있긴 해도 일단 제공된 정보는 확실하니까 거의 번복되지 않지. 아무래도 책을 쓰고 강연자료를 만들 땐 정보의 신뢰도가 중요해서 말이야."

"세상의 정보를 다 알아야 하는 건지는 잘 모르겠지만 너 같은 책벌레도 그런 정보회사를 이용하다니 의외이긴 하다. 나는 책을 멀리하는 사람들이 이용할 줄 알았거든."

커피를 다 내린 빈은 포치의 잔에 커피를 따르며 말했다.

"너도 한번 이용해봐. 내가 추천해줄까? 그럼 추천자와 추천받은 사람은 3개월 정도 공짜로 정보를 업데이트 받을 수 있어."

포치는 한껏 끌어올린 입꼬리로 과장된 미소를 짓고서 몸을 양쪽으로 살짝 흔드는 애교를 보이며 말했다.

"네 애교가 부담스러워서라도 일단은 사양하련다. 난 지금 있는 정보로도 포화상태거든. 오히려 귀를 닫고 있는 게 나을지도."

빈은 커피를 한 모금 마셨다.

"내가 너만큼 영감을 갖고 태어났어도 이렇게 정보를 급하게 수혈받지는 않았을 거야."

포치가 빈에게 말했다.

"바야흐로 상상력의 시대잖아. 난 그 상상력의 재료가 될 정보를 찾아 이리저리 헤매고 이 방법 저 방법 쓰는데 넌 스스로 상상력이 철철 넘치니 얼마나 좋아?"

포치가 부러움을 담아 말했다.

"그런 엉뚱한 소리 하면 앞으로 우리 집에 못 오게 한다."

포치의 칭찬이 무안한 빈이 으름장을 놓았다. 포치는 생긋 웃었다.

"그런데 그곳엔 언제 갈 건데?"

빈이 물었다.

"이런 건 미루면 안 돼. 이 커피를 다 마시는 대로 가봐야겠어. 오늘은 너랑 시간을 좀 보내려고 왔는데 빨리 가야 해서 미안해. 아니다. 이렇게 일찍 헤어질 게 아니라 같이 가는 건 어때? 혹시 너 할 일 있어?"

포치가 물었다.

"아니, 작품 마친 지 얼마 안 돼서 요즘은 넋 놓고 충전하는 시간이라 별일 없어. 유유자적하고 있지."

빈이 말했다.

"그럼 바람도 쐴 겸 같이 가자. 요즘 세상이 어떻게 돌아가는지 너도 알아두면 좋잖아."

포치가 제안했다.

"뭐 그래볼까?"

빈은 오랜만에 만난 친구의 제안을 흔쾌히 받아들였다. 나갈 채비를 하려고 옷장을 열었다.

"어디 보자."

"다 똑같은 옷인데 넌 거기서도 고를 게 있니?"

포치는 빈의 옷장을 둘러보며 말했다. 옷장 속에는 후드에 발목까지 오는 짧은 바지가 세트로 색깔별로 들어 있었다.

"모르는 말씀! 오늘의 기분에 따라 색을 선정하는 게 가장 설렌다고."

빈은 옷을 고르며 말했다.

"옷장이 단순해서 좋긴 한데 너도 옷을 어떻게 입을지 조합하는 재미를 좀 느껴봐야 하지 않을까?"

패션에 민감한 포치가 말했다.

"여러모로 조합해서 입어본 결과 이렇게 수렴이 된 거야. 이 스타일이 나에겐 제일 잘 어울리더라고."

빈은 패션에 대한 자신의 신념이 확고했다. 오늘의 색을 네이비로 정한 빈은 네이비 옷을 입고 네이비 손수건을 챙겨 넣고 만족스러운 듯 미소를 지었다.

"가자! 안내해."

\#

"정보통조림가게? 간판 이름이 재밌네."

포치를 따라 도착한 곳에서 빈이 말했다.

"들어가보면 더 재미있을걸?"

포치가 눈을 찡긋거리며 말했다. 빈이 먼저 문을 열려고 다가갔으나 문은 잠겨 있었다.

"뭐야. 오늘은 영업을 안 하는 것 같은데?"

"쳇. 촌스럽긴. 날 보라고."

포치는 거드름을 비우며 빈을 문 옆으로 비켜 세웠다. 그러고는 문 앞에 자그맣게 달린 렌즈를 응시했다.

"확인 중입니다."

어디선가 음성이 나온 후 몇 초도 되지 않아 문이 열렸다. 포치는 빈이 먼저 들어가도록 문을 잡은 후 뒤따라 들어갔다.

"오, 여기는 고객도 홍채 인식으로 들어가도록 했군."

"모든 고객은 아니고 VIP만."

포치는 거드름을 피우는 표정을 짓다가 금세 배시시 웃었다. 빈도 따라 웃었다.

"그런데 왜 통조림이라고 했지?"

궁금한 빈은 포치에게 물었다.

"글쎄."

뭔가 아는 듯 옅은 미소를 지은 포치는 몇 걸음을 걸어갔다. 자동문이 열리자 어마어마한 넓이의 창고가 나타났다. 천장에는 도서관처럼 인문, 자연과학, 예술 등을 의미하는 컬러가 적당한 간격으로 칠해져 있고 안내표지가 걸려 있었다. 그 아래에는 영역별로 같은 색의 선반이 배열되어 있었다. 그리고 그 선반은 다시 더 세밀한 영역으로 나뉘었다. 자연과학 영역이라면 일반과학, 물리, 화학, 생물, 지구과학, 천문학 등 그 세부 분류도 다양했다.

"우~~ 와!"

이 정도일 줄은 몰랐다는 듯 빈은 입을 쩍 벌리고 한참을 놀라 서 있었다. 그리고 서서히 선반 앞으로 갔다. 선반엔 통조림처럼 디자인된 통이 놓여 있었는데 핸드폰처럼 적당한 시간 간격으로 빛이 깜박였다. 어떤 통조림은 빨간 불빛이고, 어떤 통조림은 녹색 불빛이었다.

"한번 만져도 되나?"

"응."

어디에도 만지지 말라는 주의사항은 보이지 않았지만, 빈은 혹시 몰라 포치에게 물었다.

빈은 조심히 통조림을 들어 꼼꼼하게 살펴봤다. 별다르게 특별할 건 없는데 시리얼 넘버와 유통기한이 있었다. 빈이 물었다.

"시리얼 넘버는 정보의 분류를 위한 것일 테고, 이 날짜는…"

"유통기한."

포치가 답했다.

"정보 유통기한?"

"응. 유통기한이 얼마 안 남은 정보는 조금 싼 편이야."

"얼마 지나면 무용지물이 되는 정보를 왜 사?"

"아냐. 그것들 중에도 제법 재밌는 생각을 던져주는 것들이 있어. 정보 자체보다 그 정보를 생각해낸 방식이 독창적일 땐 내 상상력에 영감을 주지. 가성비가 좋다고."

"그렇군. 서비스를 계속 받지 못하면 유통기한이 끝난 정보를 옳다고 계속 쓰는 사람도 있겠네?"

"당연하지. 이 서비스가 생기기 전에도 그런 일은 많았잖아. 우리가 어릴 적 배운 지식으로 평생을 살아가는 것 자체가 그런 거 아니겠어? 대신 시행착오를 겪으며 스스로 자신의 생각을 바꾸거나 고수하거나를 정하잖아. 이 정보통조림은 시행착오로 인한 손실을 줄여주는 거지."

"그 시행착오가 손실이라는 생각은 해본 적이 없는데."

"그건 네가 너의 판단으로 인한 경제적 손실을 크게 입은 적이 없어서야. 손해를 입었어도 네가 감당할 정도였든가. 나처럼 작아도 직접 사업을 하는 사람은 지나간 정보로 잘못된 판단을 내리면 나뿐 아니라 나와 관련된 사람들에게도 적지 않은 영향을 줘서 그 스트레스가 만만치 않거든. 내가 이 서비스를 선택한 이유 중 하나이기도 해."

포치는 궁금한 게 많은 빈에게 친절하게 설명해주었다.

"신중한 의사결정을 위해 서비스를 이용하는 거군. 자신이 알고 있는 정보만으로 판단했다가 손실이 커지는 상황에 빠지지 않도록 말이야."

"그래. 공부라고 하기엔 너무 큰 비용을 치러야 할 때도 있잖아. 회복할 수 없는."

포치는 생각에 잠겼다.

"그래서 넌 이 서비스에 만족해?"

빈이 물었다.

"지금까지는 그래. 판단의 근거에 대한 질이 좋아진 건 확실하거든."

포치가 답했다.

"그렇군."

한참 질문을 퍼붓던 빈은 어느 정도 궁금한 것이 풀렸는지 잠시 말을 멈췄다. 빈은 통조림을 이리저리 돌려봤다.

"이 디자인은 완전 합격인데? 심플하면서 정보를 감각적으로 전달하고 있어. 누가 디자인한 거야?"

빈이 물었다.

"여기 회사 대표가 디자인을 전공했대. 그래서인지 회사 전체 이미지 작업도 평범해 보이진 않더라고."

포치가 말했다.

"회사 대표가 디자이너라고?"

"응. 대학 동아리에서 만난 공학, 인문학, 철학 전공 친구들이 모여 시작한 스타트업이었대. 거기에 전체적인 조화를 아우를 수 있는 오너로 디자인을 전공한 사람을 정했고."

"재미있는 사람들일세."

"대단한 사람들이기도 하지."

"이렇게 방대한 정보를 관리한다는 것 자체가 대단하다."

빈은 이곳의 매력에 완전히 빠져든 것 같았다.

"그런데 넌 어디로 가는 거야?"

빈이 물었다.

"제로실. 그곳에 내가 구입한 지식목록이 있는데 그중 업데이트가 필요한 정보를 찾아 업데이트를 하고 가면 돼."

포치는 제로실이 있는 쪽으로 손을 가리키며 말했다.

"얼마나 걸려?"

빈이 물었다.

"몇 초?"

포치가 답했다.

"금방이네? 직접 와야 하는 불편함만 있는 거군."

"처음엔 직접 오지 않아도 업데이트를 할 수 있었는데, 한 번 시스템이 해킹돼서 뒤죽박죽된 후로 외부에서 접속하는 서비스가 차단됐어."

"또 그걸 뚫으려고 하는 사람들이 있었구나. 전쟁이다, 전쟁."

"그래. 네가 긍정채널의 정보를 들으면서 감성을 조절하듯 정보는 전쟁이야, 전쟁!"

포치는 금방 다녀오겠다는 손짓을 하며 제로실로 향했다. 빈은 앉아 있을 곳을 찾을 겸 혼자 창고 이곳저곳을 둘러봤다.

＃

"몇 초면 된다더니? 왜 이렇게 오래 걸렸어?"

시계만 계속 보던 빈이 드디어 나타난 포치를 향해 일어서며 말했다.

"응. 좀 걸렸지? 미안. 가자."

정보를 업데이트하고 돌아온다던 포치는 자신이 말한 시간을 훨씬 넘겨서 나타났다. 들어갈 때와 달리 표정이 창백했다. 다시 돌아온 포치는 어색한 억양으로 빈에게 말을 했다.

"어이, 친구. 괜찮은 거야? 왜 말투가 갑자기 망가진 로봇 같아?"

섬세한 빈은 좀 전의 포치와는 뭔가 달라졌음을 감지했다. 포치는 아무런 응대를 하지 않고 성큼성큼 건물을 나왔다.

"야! 너 무슨 일 있어?"

빈은 포치를 따라 걸으며 물었다.

"응… 아니…"

횡설수설하던 포치는 휘청거리더니 걸음을 멈췄다.

"어지러운데 어디서 좀 쉬었다 가자."

친구의 상태가 좋아 보이지 않자 빈은 걱정이 앞섰다.

"그냥 쉬면 되는 거야? 병원에 가지 않아도 되겠어?"

"아냐. 아냐. 아냐. 그냥 잠깐 쉬면 될 것 같아."

포치는 이리저리 살피다 가장 가까운 카페로 들어섰다.

"네가 대충 시켜주라."

빈은 아메리카노 두 잔을 시켰다. 그리고 따뜻한 물 한 잔을 받아 테이블로 가져왔다. 따뜻한 물 한 모금을 마시자 포치의 창백한 안색이 조금 나아진 듯 보였다.

"놀랐지?"

"뭐야, 너 사람 놀래키는 방법도 여러 가지네."

"혹시 무슨 일이 있었던 거야?"

빈은 조심히 물었다.

"음. 원래 업데이트를 하면 조금 어지러운데… 오늘은 좀 더 심한 것뿐이야."

"정보를 업데이트하면 어지러워?"

"조금… 내 기존의 스키마를 다시 정리하니까."

포치의 이마에 식은땀이 송송 맺혔다.

"그런 증상이 있군."

빈은 걱정스러운 눈빛으로 자신의 손수건을 포치에게 건네며 물었다.

"그런데 시간은 원래 이렇게 오래 걸려? 아깐 금방 된다더니 한 시간은 더 됐어."

"그게…"

포치가 뭔가 말을 하려는 순간 진동벨이 울렸다. 빈은 주문한 음료를 받으러 갔다. 그런데 돌아온 자리에 포치는 없었다.

"화장실 갔나?"

잠시 앉아 기다리던 빈은 30분이 지나도 포치가 나타나지 않자 전화를 걸었다.

"전화를 받을 수 없는 상태이오니 음성으로…"

빈은 직감적으로 포치에게 무슨 일이 생겼음을 알았다.

"야! 너 뭐야? 어디야?"

빈은 여러 차례 메시지를 남겼지만 포치에게서는 연락이 없었다. 그 이후 빈은 포치를 볼 수 없었다.

#

현장체험학습을 온 한 무리의 학생들 사이로 건조한 해설사의 목소리가 들렸다.

"자, 오늘 우리가 견학 온 곳은 정보의 역사를 담은 박물관이에요. 원래 이곳은 정보의 모든 것이라는 주식회사가 운영하던 정보통조림가게라는 대리점이 있던 곳이죠. 그 회사는 생각을 아웃소싱하는 것을 최초로 시도했던 회사예요. 정보에 민감한 직업군을 가진 엘리트 고객을 중심으로 당시 급속도로 성장했다가 어느 순간 사라진 미스터리한 회사죠."

"왜 사라졌어요?"

아이들은 호기심 가득한 눈으로 해설사를 쳐다봤다.

"기록에 따르면 고객들에게 부작용이 나타났다고 해요. 정보를 업데이트하면서 바이러스가 주입되어 그 사람의 모든 정보를 뒤죽박죽으로 만들어놓은 거죠. 아웃소싱 브레인 칩이 바이러스에 감염된 사람은 뇌의 기억이 교란되면서 거리를 헤매다가 실종되거나 운이 좋으면 기억을 잃은 채, 더 정확히 말하면 자신의 새로운 기억에 따라 새로운 사람으로 다른 지역에서 살았다고 해요. 여러분은 정보 서비스를 이용할 땐 혹시 생길지도 모르는 부작용 약관을 반드시 읽어보고 결정하셔야 해요. 아셨죠?"

"네!"

"자! 이제 다음 장소로 이동합시다!"

아이들은 큰 목소리로 답하고 장난을 치면서 해설사를 따라 다음 장소로 이동했다.

★
책복원가

"가망이 있나요?"

인터뷰를 마친 의뢰인이 물었다. 큰 눈망울에 고인 눈물이
금세 떨어질 것 같았다.

"음… 시간이 오래 걸리겠지만 불가능하진 않아요."

검은색 얇은 안경테에 동그란 렌즈 너머로 신뢰를 주는 눈
빛이 반짝였다.

"꼭 부탁합니다. 아주 어릴 적엔 몰랐어요. 이 책이 얼마나
저에게 소중한지."

중년으로 보이는 남성은 어떤 감정이 북받친 듯 말을 맺지
못했다.

"네. 알겠습니다. 최선을 다해보겠습니다."

"언제 찾으러 오면 될까요?"

"작업이 끝나면 연락드리겠습니다. 당분간은 작업량이 많
아서 그렇게 빨리 완료될 것 같지는 않습니다."

"네. 기다리겠습니다."

그렇게 오늘의 마지막 의뢰인이 작업실을 나갔다. 잿빛 머리카락의 나이가 지긋한 노인은 새로 받은 의뢰품에 대한 인터뷰 내용을 기록하기 위해 노트북을 켰다.

| 의뢰품 요약 |

제목 : 『나의 라임오렌지 나무』(1982년 5월 20일 초판 발행)

상태 : 책 3분의 2 정도 분량의 페이지에 활자가 무너져 내림. 남아 있는 활자도 곧 떨어질 듯 아슬아슬하게 붙어 있음. 떨어진 활자들은 다행히 형태를 고스란히 유지하고 있어 제 위치에 붙이기만 하면 됨.

복원 난이도 : 활자 복구는 하지 않아도 되어 어려운 작업은 아님. 다만, 일일이 활자를 다시 제 위치에 두어야 하기에 시간이 많이 들 것으로 예상됨.

| 인터뷰 내용 |

①**책과의 인연** : 열네 살 때 할아버지로부터 용돈 3000원과 함께 받은 선물. 할아버지는 책을 선물하고 일주일쯤 지나 지방으로 출장을 가셨다가 심근경색 증상으로 갑자기 돌아가심.

②**책에 대한 기억** : 중학교 아침 자습시간에 읽다가 주변을

의식하지 못할 정도로 눈물을 흘렸던 기억이 남.

③ **책의 상태** : 어릴 적 한 번 읽고는 다시 펼치진 않음. 새 책이나 자주 보는 책들을 가까운 곳에 배치하다 보니 늘 손이 가지 않는 책장 꼭대기 구석 칸에 두게 됨. 매우 오랫동안 가장 구석진 자리에 방치됨.

④ **의뢰인이 책을 버리지도 않으면서 열어보지도 않았던 이유** : 이사를 가거나 책장이 차서 정리를 해야 할 때도 할아버지가 주신 선물이고 열네 살 그때의 감동이 담긴 책이라 버릴 수 없었음. 그렇다고 누구에게 줄 수도 없어서 계속 보관함. 사실 할아버지의 장례식이 치러질 때가 학교 시험 기간이었는데 당시에는 할아버지의 죽음이 실감나지 않았고 어린아이는 그냥 학교에 가도 된다는 주변 어른들의 말씀도 있어서 장례식에 참여하지 않고 시험을 치르는 것을 선택함. 시험을 안 봐서 전교 1등을 놓치면 어쩌지 하는 어린 마음에 했던 행동으로 도리를 다하지 못한 것 같아 죄송하기도 하고 또 돌아가신 할아버지가 화를 내셔서 벌을 받게 될까 두려워 책을 선뜻 펼치지 못했음.

⑤ **발견 시점** : 명절날 친척들이 맞벌이하는 부모님을 대신해 할아버지가 어릴 적 자신을 거의 다 키운 거나 다름없다고 이구동성으로 말하는 것을 듣고 할아버지와의 추억을 새삼 떠올리며 책을 찾아보게 됨.

⑥**현재 감정** : 버릴까도 생각했지만 무너진 활자 상태를 보니 할아버지와의 추억도 무너져버린 것만 같아 마음이 아픔.

| 복원처방 | ───────────────────────

①**감정 소견** : 열네 살 주인의 감성적이고 따뜻한 눈빛을 받아 생명력에 빛나던 활자들은 주인의 그 눈빛을 다시 한 번 볼 수 있길 기다리다 지쳐 시들시들 힘을 잃고 두두둑 무너진 것으로 추정.

②**복원시 요구되는 공법** : 같은 연도 책을 찾아 일일이 활자를 대조하여 순서대로 복구하면 됨. 어려운 복원 기술을 요구하는 것은 아니지만 시간이 많이 소요됨. 복원의 효과가 크려면 의뢰인이 시간을 들여 작업에 참여하는 것이 좋음. 활자가 기억하는 그 눈빛으로 복원을 한다면 가장 효과가 크리라 생각됨. 복원의 일부는 의뢰인이 시간을 들여 참여하도록 권유.

③**감정 및 복원담당자** : 바르트

　바르트는 기록을 마치고 노트북을 덮었다. 그러고는 조용히 사연을 되짚어봤다.

　"의뢰인이 열네 살의 제제는 아니었을까?"

낡은 책 표지 주인공 제제의 모습에서 의뢰인의 열네 살 모습이 보였다. 표지의 오른쪽 아래 모서리가 뒤로 접혀 자꾸 떠올랐다. 조심스러운 손길로 접힌 방향의 반대로 접었다. 바르트는 책을 복원하는 자신의 일이 사람들이 드러내지 못한 채 묻어둔 상처를 제대로 들여다보고 극복하는 데 작은 도움으로 닿길 바랐다. 그는 책 위에 손바닥을 올려놓고 마음을 담아 지그시 눌렀다. 표지는 차분하게 가라앉았다.

'그래도 아직까지 책의 마음을 들여다볼 수 있는 사람들이 있다는 건 다행이야.'

헌책방처럼 보이는 바르트의 작업실에는 저마다의 사연을 가진 사람들이 찾아온다. 지극히 평범해 보이는 그들에겐 특별한 눈이 있다. 그들은 『오이디푸스 왕』에 등장하는 예언자 테이레시아스에 버금가는 상상력의 눈을 가졌는데 그 눈을 통해 책의 마음을 읽을 수 있다. 그것은 인생에서 한 번쯤 큰 상실을 겪은 후 생긴 마음의 상처를 책을 통해 위로받은 사람들에게 생기는 능력이다. 그들 중 대부분은 자신이 보통 사람들과 다른 눈을 가졌다는 것을 모른다. 책을 읽는 사람들이 점점 줄다 보니 책으로부터 위로를 받아 마음의 트라우마를 보듬는 사람들도 점점 사라지고, 책의 마음을 들여다볼 수 있는 사람도 줄고 있다. 바르트는 알음알음으로 이 작업

실에 찾아오는 사람들이 계속해서 이어진다는 사실 자체만
으로 감사했다.

다시 새날이 밝았고 하루는 다시 반복되었다. 누가 시키진
않지만 바르트는 정해진 시간에 가게 문을 연다. 평면적 일
상 속 루틴한 의식의 반복이다. 젊은 시절 바르트는 따분하
고 지루한 일을 피해 다녔고 처음 타는 롤러코스터처럼 예측
할 수 없는 것이 진짜 인생이라 생각했다. 정확히 언제부터
라고 말할 수 없지만 반복되는 일상이 지루하거나 따분하지
않게 되면서 누구와 비교하지 않는 진짜 자신의 인생을 즐길
수 있게 되었다. 쉬지 않고 열고 닫을 수 있는 문이 있고 뚜벅
뚜벅 갈 수 있는 내 길이 있음이 소중하다. 바르트는 가게 문
을 열다 말고 긴 장마 끝에 얼굴을 내민 햇볕의 눈부심에 빠
져본다.

　"인생이 매번 예측 불가능하다면 난 이미 죽었겠지."

　건조한 피부에 햇살을 가득 담은 후 매일 먹는 혈압약 통
을 치워 책상 위를 비우고 오늘 작업할 책과 복원에 필요한
장비를 준비했다. 책의 마음을 들여다볼 수 없는 사람들은
멀쩡한 책을 들고 뭐 하는 짓이냐며 바르트를 사기꾼이라 말
하기도 하지만 여기에 찾아온 의뢰인들은 그 누구도 바르트
를 의심하지 않았다. 그들의 눈엔 명명백백히 책이 완벽하게

복원되었기 때문이다.

바르트는 돋보기를 썼다. 복원에 참고할 책을 옆에 놓고 복원해야 할 책을 펼쳤다. 깊은 숨을 한 번 들이쉬고 천천히 내쉬면서 집중력을 모았다. 활자 크기를 살핀 후 손가락을 가볍게 털고 적당한 사이즈의 핀셋을 골랐다. 섬세한 동작으로 활자를 핀셋으로 집어 복원을 시작했다. 복원을 시작하면 몇 시간 동안 이 공간에서 바르트는 사라진다. 몸은 책상 앞에 있지만 영혼은 책 속으로 들어가 활자들과 교감을 나눈다. 주인의 소홀함이 섭섭한 활자들에게 주인이 그럴 수밖에 없었던 이해를 구하여 활자들의 마음을 돌리기도 하고 화가 잔뜩 난 활자들을 차분하게 만들기도 한다. 활자들과 마음을 나누는 에너지를 모으는 데 집중한 바르트가 입을 굳게 다물면 바르트의 몸이 머무는 공간에는 존재감 없던 주변의 소리들이 하나둘씩 초대된다. 우리가 쉽게 무시했던 소리들이 자신들만의 존재를 선명하게 드러낸다. 주인으로부터 무시당했던 활자와 주의를 끌지 못하는 일상의 소리들이 바르트를 매개로 공감한다. 활자는 나만 혼자서 외롭지 않았다는 생각을 품고 예전의 건강함을 되찾는다. 자신의 위치에 생생하게 착 달라붙는다.

몇 시간이 흘렀을까? 복원을 끝낸 바르트는 돋보기를 벗고 두 손으로 눈을 지그시 눌렀다가 떼었다. 주변을 둘러봤다.

나이가 들면서 눈의 힘이 예전 같지 않음을 느꼈다. 아무래도 크지 않은 활자들을 복원하는 일이기에 눈을 많이 사용하다 보니 타고난 좋은 시력도 세월 앞에서는 어쩔 도리가 없었다. 돋보기를 쓰면 잘 보이는 대신 눈은 쉽게 피로해졌다.

'이 일을 언제까지 할 수 있으려나.'

요즘 바르트에게 자주 떠오르는 생각이다. 책을 복원하는 일은 누군가의 마음을 치유하는 일이라는 소명의식을 갖고 누가 알아주지 않아도 기쁘게 작업하고 있지만 나빠지는 눈의 상태를 생각하면 그만두어야 하는 날은 점점 다가오고 있었다.

그때 도어벨이 울렸다. 깔끔한 수트를 입고 정갈하게 머리를 묶은 여성이 들어왔다. 의뢰인이 착용한 명찰을 보니 근처 성형외과 직원이었다. 점심시간에 짬을 내서 온 듯했다.

"안녕하세요."

다소곳한 목소리로 들어온 의뢰인은 서비스 직업으로 훈련된 미소를 지으며 들어왔다. 치아는 지나치게 하얗게 보여 부자연스러웠다. 바르트는 책상에서 일어나서 입구 접수대로 갔다.

"네, 안녕하세요. 무엇을 도와드릴까요?"

바르트는 무엇이든 도울 자세가 되어 있다는 호의를 눈썹을 치켜올려 표현했다. 이마 주름이 골짜기처럼 깊게 파였다. 젊었을 땐 아름다운 손님이 오면 괜히 혼자 부끄럽고 긴장도 됐는데 나이가 드니 어떤 상대가 와도 항상 평온한 상태로 응대하게 되었다. 나이가 드는 건 여러모로 심장의 파동이 완만해진다. 편하다.

"제가 이렇게 청소를 안 하는 사람이 아닌데요…"

부끄러운 일을 하다 걸린 사람처럼 책을 펼치는 의뢰인의 얼굴이 홍당무처럼 붉어졌다.

'어이구.'

바르트는 의뢰인이 무안할까봐 감탄사를 속으로 삼켰다. 펼쳐진 책 속의 작은 활자와 활자 사이에 거미줄 같은 먼지가 빼곡하게 쳐져 있었다. 외모를 가꾸는 직업 분야에 있는 사람들이나 미남, 미녀들은 백치미인이라는 사회의 고정관념을 매우 많이 의식한다. 그래서인지 의뢰인도 책의 상태를 드러내기 전까지 무척 창피해하고 곤란해하는 기색이 역력했다.

"이런 경우가 있나요? 전 처음이라. 먼지 털기로 털어보기도 하고 청소기로 빨아들여 보기도 했지만 소용이 없더군요."

바르트는 서랍에서 확대경을 찾았다. 귀곡 산장의 모습 같았다.

"책거미에 점령당했어요."

확대경으로 책의 여러 페이지를 관찰한 후 바르트가 말했다.

"요즘 가장 많이 들어오는 책의 상태죠. 책거미가 활자와 활자 사이를 지나다니며 거미줄을 치는 것처럼 보이는 현상 이에요."

"책거미요?"

손님의 얼굴이 혐오스럽다는 감정을 담아 일그러졌다.

"아하! 다리가 여덟 개인 거미가 있다는 건 아니고요. 소나 무에서 송진이 나와 끈적끈적한 실을 만들 듯 활자가 스스 로 진을 빼는 거예요. 그 끈적끈적한 하얀 실의 모습이 거미 줄 같다고 해서 그런 표현을 씁니다. 가볍게 내려앉은 먼지 같아 보여도 접착력이 있어서 제거하는 게 그렇게 쉽진 않아 요."

바르트는 책거미 현상에 대해 설명했다.

"왜 그런 거죠?"

의뢰인이 물었다.

"음… 가장 흔한 이유로는 책을 오랫동안 열지 않으면 나 타납니다. 열지 않는 이유는 다양하겠지만요."

의뢰인은 고개를 푹 떨구었다. 사람들은 자신이 책을 잘 보 지 않는 편이라고 말은 쉽게 해도 실제로 거미줄이 쳐진 책을 보여줄 때는 무척 부끄러워한다. 대부분은 더러워진 책을 바로 쓰레기통에 집어넣는데 의뢰인은 무슨 사연에서인지 이 책을 살리기 위해 이곳으로 가져왔다. 그러니 최대한 의뢰인이 무안하지 않게 배려하는 것도 바르트가 할 일이었다.

확대경을 책상 위에 두고 바르트는 의뢰품에 대한 메모를 시작했다.

"발견시점은 언제죠?"

바르트가 물었다.

"지난 주말이에요."

의뢰인이 답했다.

"이 책을 마지막으로 읽은 건 언제죠?"

너무 부끄러워하지 않아도 된다는 듯한 억양으로 바르트는 담담하게 질문했다.

"네? 글쎄요. 너무 오래전이라…"

의뢰인은 갑작스러운 질문에 오래전의 기억을 소환하려 했다. 하지만 실패했는지 머뭇거리다가 체념한 듯 내뱉었다.

"거미줄이 쳐질 만하네요."

바르트는 몇 가지 메모를 더 한 후 의뢰인을 바라봤다.

"그래도 책의 마음을 보시잖아요. 그건 이 책을 마음을 다해 읽은 적이 있다는 뜻이에요."

바르트가 말했다.

"책의 마음이요?"

"네, 책의 마음이요."

의뢰인은 무슨 말인지 모르겠다는 표정을 지었다.

"복원이 가능할까요?"

의뢰인이 물었다.

"글쎄요. 궁금한 게 있는데요. 이런 상태의 책을 왜 버리지 않으셨죠?"

바르트가 물었다.

"그러게요."

한참을 망설이던 의뢰인의 눈에 어떤 사연이 스쳤다.

"버릴 순 없었어요. 이사할 때 몇 권씩 버리거나 중고서적에 책을 팔려고 정리할 때도 말이죠."

"이 책에 담긴 의미가 남다르신가 봐요?"

바르트는 조심히 물었다.

"그러게요. 아직도 남다르네요."

'아직도'라는 표현이 바르트에게 다가왔다. '아직도' 잊지 못할 인연에 대한 책인가? 사람들이 선택한 단어의 행간의 의미를 추측하는 것은 책을 복원하는 데 매우 중요한 정보이다.

"책은 복원할 수 있습니다."

바르트는 차분히 의뢰인을 바라봤다.

"네."

의뢰인은 다시 한 번 하얀 치아를 드러내며 미소를 지었지만 다행인지 불행인지 알 수 없는 표정이었다.

"아니에요. 다음에 가져올게요."

의뢰인은 갑자기 말을 바꿨다. 아직도 이 책을 복원할지 말지에 대해 갈등하는 것 같았다.

"아니에요. 맡기고 갈게요. 아! 내가 도대체 왜 이러지?"

의뢰인은 좀처럼 갈피를 못 잡는 모습이 스스로도 당황스러운 모양이었다.

"괜찮습니다. 차분히 생각하시고 결정하세요. 어떨 땐 쓰레기통에 과감히 버리는 것이 더 나을 때도 있습니다. 책에 담긴 것이 끊어야 할 미련이라면요."

의뢰인은 자신의 마음을 들킨 것 같은 슬픈 눈으로 바르트를 응시했다.

"네… 그래요… 어쩌면 예전에 그냥 버렸어야 할 책인지도 몰라요."

아름다운 의뢰인은 책을 도로 가져갔다.

"생각이 정리되면 올게요. 친절한 안내 감사합니다."

의뢰인이 나가자 도어벨이 다시 울렸다.

창밖으로 보이는 의뢰인의 뒷모습을 보며 바르트는 생각했다. 어쩌면 그 책은 의뢰인이 잊지 못하는 옛 인연과 관련된 것일지도 몰랐다. 책 여기저기에 아주 깨알 같은 메모의 흔적들 때문이었다. 계속 자신을 자책하는 메모였다. 책거미

줄에만 신경을 쓴 나머지 자신이 책을 읽으면서 무의식중에 쓴 낙서를 지울 생각은 미처 못 한 것 같다. 이별은 했지만 아직 진짜로 그 사람을 떠나보내지 못한 채 책장 한 구석에 그 책을 고스란히 남겨두었다. 터뜨릴 수 없는 이야기를 마음속에 둔 채. 그리고 그 책의 활자들은 아무도 찾아오지 않는 산장에 쳐진 거미줄로 주인의 마음을 표현했다. 마지막 페이지에 적힌 "things unsaid"란 낙서가 여운에 남았다. 바르트도 어느 누군가가 떠올랐다.

일 년은 다시 반복되었다. 뭐 하나 크게 바뀌는 것 없는 가게 주변의 동네는 부지런히 겨울의 색으로 갈아입었다. 크리스마스 장터에 나갔다가 연말 분위기가 나는 새로운 도어벨을 걸었다. 새 도어벨을 처음 울린 의뢰인은 40대쯤으로 보이는 남자였다. 오른손에 자연스럽게 태닝된 가죽가방이 멋스러웠다. 어딜 가도 사람들의 시선을 한 번에 받을 큰 키였다. 참는 게 남자답다는 사회의 암묵적 압박으로 감정을 마음에 삭이는 사연은 남성에게 더 많은 걸까? 바르트의 가게를 찾는 의뢰인 중에는 남자가 상대적으로 많았다.

"무엇을 도와드릴까요?"

바르트는 늘 그렇듯 바게트 빵 같은 담백한 표정으로 손님을 맞이했다.

"혹시 상담만 하는 것도 가능한가요?"

그 남자는 계속 작업실을 살피면서 말했다. 뭔가 숨기는 것이라도 있는 듯.

"편하게 말씀하세요. 아무도 없습니다."

나이가 들면서 한 가지 편한 건 말로 표현하지 않는 상대방의 기분을 자연스럽게 꺼낼 수 있다는 것이다.

"일기장도 복원이 가능하나요?"

"글쎄요. 한 번도 해보진 않았습니다. 보통 복원은 책의 제목을 알고 그것과 같은 인쇄본의 책을 찾아 복원해드리는 거거든요. 그런데 일기장은 참고할 서적이 없어서 그 순서를 복원하는 게 불가능할 것 같습니다."

신중한 성격의 바르트는 한 번도 해보지 못한 작업에 대해서 의뢰인이 불필요한 희망을 갖지 않도록 단호하게 말했다.

"전혀 방법이 없을까요?"

꼭 해주면 안 되겠냐는 의미로 다가왔다. 바르트는 잠시 생각하다가 말을 이었다.

"활자들을 일단 단어로 만들어 문장을 조합하는 방법도 한 가지 있겠네요. 그런데 문장을 쓰는 취향은 사람마다 달라서 정확하게 복원하는 것은 불가능하죠. 단어를 조합해도 저의 문체에 따라 복원이 되는 거죠."

길게 돌려 말했지만 결론은 역시 회의적이란 뜻이었다.

"그럼 혹시 단어만이라도 복원해주실 수 있나요?"

의뢰인은 물러서지 않고 간절히 부탁했다. 바르트는 의뢰인이 이렇게 절박한 이유가 궁금해졌다. 바르트의 마음을 읽었는지 의뢰인이 말했다.

"이모님의 일기장이에요. 지금 아프시죠. 의사선생님이 예측한 생명은 이미 끝났어요. 기적 같은 하루하루를 살고 계시죠. 이모가 세상과 이별을 하기 전 늘 맘속에 품었던 그분과 한번 만나뵙게 하고 싶은데 이 일기장에 혹시 그분에 관한 얘기가 있을까 해서요. 마지막 선물을 드리고 싶어요."

"이모님과 사이가 각별하셨나 봐요."

"네. 언제나 제가 힘들 때 현명한 조언을 해주시던 멘토이자 생명의 은인이시죠. 이모에겐 자식이 없어서 저를 거의 아들처럼 생각하셨어요. 제가 짝사랑에 아주 심하게 빠져서 폐인이 되어 해서는 안 될 생각을 하고 있을 때 저를 정신 차리게 해주셨죠. 누구한테도 말한 적 없는 이모의 이루어지지 않은 아픈 사랑을 말씀해주시면서 말이죠. 그땐 죽어야만 잊을 수 있을 것 같던 사랑도 시간이 지나면 애써 지우지 않아도 견딜 수 있는 기억이 된다고 하셨어요. 평생 감춰둔 외사랑의 존재, 그 비밀은 이모와 저만 알아요.

이모가 병원에 계시는 동안 방을 정리하던 중 이 일기장을 발견했어요. 이모는 독서광이라 책에 대한 애정이 대단해서 집 전체가 도서관이라 할 만큼 책이 많은데 이모가 다시 회복되지 못하고 장기간 병원에 입원하는 동안 책들도 울었는지 모든 활자가 녹슬었더라고요. 심지어 이 일기장도 말이죠."

'이 사람도 녹이 슨 책의 활자를 볼 수 있군.'

의뢰인도 책의 마음을 볼 수 있는 눈을 갖고 있었다.

"일기장은 누가 볼까 꼭꼭 숨겨두는 게 일반적인데 이모는 이 일기장을 책꽂이에서 가장 손이 자주 닿는 곳에 자연스럽게 묻어두었어요. 오히려 이렇게 둔 것이 사람들의 눈에는 잘 띄지 않을 거라 생각하셨을 수도 있고… 아니면 저에게 뭔가 암시를 주신 건 아닐까요? 모르겠어요. 시간이 정말 얼마 없어요. 이 일기장을 복원하는 중에 돌아가실 수도 있겠지만 제가 할 수 있는 건 최대한 해보고 싶어요. 제발 부탁입니다."

'이렇게 애절한 눈빛을 본 적이 언제였던가?' 이룰 수 없다는 걸 알면서 시도하려는 저 눈빛, 아주 오래전 언젠가의 자신을 보는 것 같았다. 그 눈빛이 낯설지 않았다. 지금은 세상 풍파를 겪고 연륜이 쌓이며 웬만한 일엔 크게 동요하지 않는 심장을 갖게 되었지만 바르트 역시 젊은 시절엔 늘 불안했다. 바르트의 납작해질 대로 납작해진 심장은 젊은 시절 자신을 닮은 의뢰인의 눈빛을 통한 심폐소생술로 쿵 요동이 쳤다.

"그렇지만 이모님도 그걸 원하실까요? 또한 손님이 원하는 결과가 될지도 장담할 수 없어요."

알아낼 수 있다고 해서 다 드러나게 하는 게 꼭 좋은 방향으로 가는 것만은 아님을 알기에 바르트는 다시 한 번 확인을 했다.

"네. 저는 그저 제가 할 수 있는 최선을 다해보는 거예요. 그게 이모가 아니라 제 맘이 편해지는 선택이라는 것도 알지만 말이죠."

의뢰인이 여기에 오기까지 스스로 얼마나 많은 갈등을 했는지 알 수 있었다.

"어디 한번 볼 수 있을까요?"

바르트가 물었다. 의뢰인은 가방에서 주섬주섬 일기장을 꺼냈다. 일기장은 여러 권 중 하나로 보였다.

"이 시기의 일기부터 복원해보려고 해요. 단 하루의 일기도 좋아요. 일단 복원이 되는 대로 연락해주세요. 이른 시간이든 늦은 시간이든 상관없어요. 사진을 찍어서 전송해주셔도 되고요."

의뢰인은 초롱초롱하면서 긴장한 눈빛으로 바르트의 얼굴을 살폈다. 긍정적인 대답을 기다리는 간절한 바람이 온전히 전해졌다.

"네, 알겠습니다. 한번 해보기는 하겠습니다."

바르트의 허락에도 의뢰인은 몇 번을 더 당부했다. 바르트는 말보다 많은 이야기를 품은 눈빛으로 답했다. 의뢰인은 도어벨을 울리고 나갔다.

다시 고요해진 작업실, 바르트는 지체할 수 없다는 생각에 작업을 하기 위한 준비를 마치고 자리에 앉았다. 누군가의 일기를 엿본다는 것, 거기에 담긴 비밀이 사랑에 관한 것이라서 그럴까? 바르트는 다른 책을 복원할 때와는 또 다른 설렘의 감정이 들었다. 본인이 의도한 것은 아니지만 의뢰인의 이모가 나중에 다른 사람이 자신의 일기를 봤다는 사실을 알면 수치스러워할지도 모른다는 염려로 작업하는 것을 주저하게 되다가도 의뢰인의 간절한 눈빛이 떠오르면 마음이 약해졌다. 바르트는 고개를 흔들어 여러 생각을 떨쳤다. 그리고 복원을 시작했다. 일기의 첫 장을 넘겼다.

'2020년?'

의뢰인의 눈빛에 크게 쿵 하고 한 번 뛴 바르트의 심장이 다시 쿵쿵쿵쿵 하고 빠르게 흔들렸다.

'도대체 이 사람은 2020년에 무슨 일이 있었던 걸까?'

그동안 바르트를 찾아온 손님들은 친구, 가족 간의 죽음이든 사랑하는 사람과의 이별이든 그로 인해 겪은 슬픔으로 마음속에 남은 큰 구멍이나 흔적을 자신도 모르게 방치하거나 덮어둔 경우가 많았다. 무엇보다 그들의 사연에 공감하고 그들의 마음을 복원해줄 수 있었던 건 바르트 역시 큰 상실감 대신 얻은 상상력의 눈이 있었기 때문이다. 솔직히 말하면 사람들의 책, 결국은 상처 난 마음을 복원해주면서 바르트 역시 지우지 못한 흔적이 남겨진 자신의 마음을 다독이고 있었다. 2020년은 바르트에게 책의 마음을 볼 수 있는 눈을 주고 떠난 그녀를 만난 해였다.

같은 해 자신과는 또 다른 곳에서 이루어질 수 없는 사랑이라니! 우연하게 만난 이 상황에 몰입이 되었다. 느낌이 달랐다. 늘 차분하던 상태에서 복원하던 것과 달리 흥분된 상태가 지속되었다. 바르트는 자신의 느낌에 따라 앞에서부터 차례대로 하기보다는 활자의 개수가 적은 날부터 일기장 복원을 시작하기로 했다. 일단 녹이 슨 활자를 각각 세척하고 말려야 해서 실질적으로 단어를 조합하는 것은 며칠 뒤에야 이루어졌다. 한 번도 그렇지 않았는데 활자가 마르는 것을 기다리는 내내 조급한 마음이 들었다. 세척한 활자가 다 마른 후 바르트는 단어를 조합하기 시작했다. 맞추고, 맞추고, 또 맞추고 끼니도 잊고 퇴근시간도 잊고 다시 새벽이 밝아온 것도 잊고 복원에 집중했다.

"리", "판", "유".
활자를 보니 유리판이란 단어가 먼저 보였다.

그렇게 해서 2주에 걸쳐 "유리판", "지웁니다", "찾기", "을", "문지르고", "있습니다", "언제", "그렇게", "위해", "부터인가", "날", "당신을", "매일", "전", "의미 없이"란 단어들을 복원했다. 단어는 맞힌 듯 보였지만 예상한 대로 문장으로 조합하는 것은 무리였다. 더딘 속도가 안타까운 의뢰인은 매일매일 연락해왔다. 그저 단어 몇 개 던져줄 뿐이었다. 안타까운 건 바르트도 마찬가지였다. 나온 순서대로 배열을 해보았다. 못한다고는 했지만 그래도 혹시나 가능할까 싶어서 계속해서 단어를 조합했다. 하지만 문장이 떠오르지 않았다.

'내 마음이 조급하다고 일이 빨리 진행되는 것은 아니야.'

바르트는 잠시 하던 것을 멈췄다. 차 한 잔을 준비하여 오랜만에 창가에 섰다. 한 모금을 마시고 창밖을 바라봤다. 사람들은 이 순간에도 부지런히 걸어 다녔다. 먼 곳을 보니 눈이 조금 편안해졌다. 바르트는 집중하느라 눈뿌리에 모인 긴장을 서서히 풀었다. 차를 음미하듯 자신이 복원한 단어를 하나씩 읊조렸다.

"유리판", "지웁니다", "찾기", "을", "문지르고", "있습니다", "언제", "그렇게", "위해", "부터인가", "날", "당신을", "매일", "전", "의미 없이".

한참을 읊조리던 바르트의 눈동자가 갑자기 멈췄다. 바르트가 조용할 때 초대받던 주변의 소리들도 숨을 죽였다. 처음엔 바르트의 눈동자가 멈추고 다음엔 바르트의 심장이 멈추고 다음엔 시간이 멈췄다. 그리고 아주 빨리 거꾸로 돌아가는 필름처럼 바르트의 기억이 거꾸로 흘렀다가 다시 한 번 현실로 오더니 문장을 적어 내려가기 시작했다.

"언제부터인가 유리판을 의미 없이 문지르고 있습니다. 그렇게 전 매일 당신을 찾기 위해 날 지웁니다."

급하게 써 내려간 메모를 보며 아연실색했다.

"이건…"

바르트는 이 문장을 기억했다.

그 문장은 2020년 어느 날로 바르트를 데려갔다. 바르트는 책을 복원하던 테이블 앞에서 젊은 시절의 바르트가 스마트폰을 보고 앉아 있는 것을 보았다. 힘이라고 들어가지 않은 축 처진 어깨, 영혼이 빠져나간 눈으로 스마트폰만 문지르고 있었다.

"잘 지내요?"

문자를 보냈다. 하지만 아무런 답이 없는 듯 초조하게 스마트폰을 들여다봤다.

"그냥 이렇게 안부만 주고받는 것도 안 돼요?"

또 문자를 보냈다. 여전히 답이 없었다.

"그랬지."

바르트는 생생하게 그때를 떠올렸다. 시작도 명확하지 않고 끝도 명확하지 않았던… 아침마다 작업실 문을 열고 닫는 것처럼 습관이 되어버린 그리움의 흔적이 떠올랐다.

책 동호회 모임에서 우연히 만난 그녀는 활짝 열린 바르트의 마음으로 냉큼 들어온 후 나가는 문을 찾지 못하고 바르트의 마음 어딘가에 살고 있다. 그녀는 처음엔 강렬하게 바르트를 지배했지만 바르트 스스로가 마음을 다지고 또 시간이 흐르자 개미처럼 아주 작게 줄어들었다. 그래서 잘 보이지 않아 찾기는 더 어려운 존재가 되었다. 그러기에 없어진 줄 알았다가도 갑자기 불쑥 나타나 바르트의 마음을 흔들었다. 지금까지.

"차라리 시작을 하지 말았어야 했는데."

지금도 가끔 생각하지만 냉정하게 말하면 바르트의 사랑은 제대로 된 시작도 하지 않았다. 어쩌면 제대로 된 사랑을 시작하지 못했기에 제대로 된 이별도 없었고 그렇기에 지금까지 마음속에 그녀를 남겨둔 것일지도 모른다. 자신의 마음을 뒤늦게 깨달은 바르트가 진지하게 처음 고백을 한 날, 그녀는 한순간에 사라졌다. 이성적인 호감을 고백하기 전엔 그녀는 한없이 친절했다. 모임에서 만나면 말도 잘 통하고 무엇보다 서로 유머 코드가 맞았다. 대화 사이에 찾아오는 침묵의 시간도 어색하지 않았다. 바르트는 그녀를 만나면 그 유쾌함에 정신이 맑아졌다. 처음엔 그게 사랑인지는 몰랐다. 누구보다 도리를 지키고 윤리적인 매너가 몸에 밴 바르트에게 이미 결혼한 여자를 이성으로 생각한다는 것은 있을 수도 없는 일이었다. 그러나 비 오는 어느 날, 동네에 산책 나온 그녀를 본 바르트는 깨달았다. 이미 그의 마음속엔 그녀가 커다랗게 자리 잡고 있었다는 것을. 젊은 시절 혈기로 첫 번째 고백 후 바르트는 거절당했다. 무응답으로. 당연한 결과임을 알면서도 슬펐다. 자신에게 친절했던 장면을 떠올리며 어쩌면 그녀도 같은 마음일 거라 생각했던 것이 완전한 착각이었다는 사실을 알고 부끄러웠다.

도무지 알 수 없는 자신의 감정에 큰 혼란을 겪은 사람은 누구보다 바르트 자신이었다. 한 번도 윤리에 어긋나는 일은 하지 않고 살았는데 이렇게 한 여자 때문에 그동안의 삶의 철학이 와르르 무너질 수도 있단 말인가? 이성으로는 이해되지 않았다. 그래도 처음엔 노력했다. 통제할 수 없는 감정을 이성으로 매일매일 마취시켜 억눌렀다. 하지만 그 기간이 오래가지 못했다. 짧은 기간은 마음을 다잡은 것 같아도 꾹꾹 눌린 그리움은 탄성이 생겨 어느 순간 폭발했다. 쿨한 척 그녀를 떠나 보낸 듯했지만 소식을 알고 싶어 매일 핸드폰을 문지르다가 참지 못하고 무모하게 감정을 담아 한 번 더 보낸 문자가 바로 그 문장이었다.

"언제부터인가 유리판을 의미 없이 문지르고 있습니다. 그렇게 전 매일 당신을 찾기 위해 날 지웁니다."

그녀는 처음에도 그랬지만 어떤 답도 보내지 않았다. 그게 당연한 것이지만 바르트는 커질 대로 커진 자신의 마음을 추스를 수가 없었다. 그렇다고 스토커처럼 집착을 하고 싶지는 않았다. 연인으로 허락하지 않는다면 이전처럼 동네 친구처럼 쿨하게 지낼 수도 있었다. 절대 선을 넘지 않을 수 있는 자신감이 있었다. 물론 그 선이라는 것이 꼭 육체적인 관계가 아니라 잠깐 흔들린 정신적 관계까지 포함한다면, 장담할 수는 없지만 서로만 아는 비밀을 평생 간직할 수 있다고 스스로 생각했었다. 하지만 그녀는 아니었다. 조금의 여지도 주지 않았다. 바르트는 이 응원받지 못할 그림자 사랑을 털어 놓을 어느 한 곳 없었고 힘든 것을 드러낼 수 없기에 더 아팠다. 그저 묻고 싶은 말을 마음에 묻었었다. 실체가 없는 대상과의 이별은 사람의 마음을 한없이 공허하게 만들었다. 그녀는 나를 얼마나 황당한 사람으로 기억하고 있을까? 부끄러움을 삭히고 다독이며 이제는 완벽히 잊었다고 생각했는데 다시 앞에 나타났고 그녀의 기록에 자신이 있었다.

일기장 한 문장만으로 그녀라고 확신한 건 처음 의뢰인이 찾아왔을 때 어디선가 봤다고 생각한 그 눈빛이 바로 그녀의 눈빛과 닮아 있었기 때문이다.

'답이 없어서 내 문자를 그냥 무시한 줄로만 알았는데…'

그녀는 바르트가 보낸 문장을 일기장에 기록해두었다. 그저 그 한 문장이 적힌 것이 확인된 것뿐인데 착한 그녀가 마음으로 생각해서는 안 될 사람 때문에 괴로워했을 시간을 떠올리니 바르트는 마음이 무너질 듯 저미어왔다. 그리움을 꾸역꾸역 참아내며 역류하는 감정을 다스리기 위해 혈압약에 의지하게 된 자신처럼 그녀의 병도 그래서 생긴 건 아닐까. 바르트는 그녀의 마음에 자신이 존재한다는 사실을 확인한 것에 기쁘기도 하면서 잊지 못하는 고통 역시 알았기에 아팠다. 그녀와 바르트 사이엔 마침표가 없었다. 그때 문자가 왔다.

"안녕하세요. 이모님의 일기를 복원 부탁드렸던 사람입니다. 그 작업을 안 하셔도 됩니다. 오늘 이모님이 돌아가셨어요. 일기장은 장례를 치른 후 찾으러 가겠습니다."

바르트는 바닥에 털썩 주저앉았다. 더 이상 작아질 수 없게 웅크린 바르트의 어깨는 점점 더 흔들렸다. 작업실의 책들은 자신들의 마음을 읽고 복원해주던 바르트를 위로할 수

있는 활자를 찾느라 부산하게 움직였지만 어떤 문장도 만들
수 없었다.

✭

만남

I

"넌 누구냐?"

"저요? 코코라고 하는데요?"

"여긴 어떻게 왔냐고?"

"글쎄요. 아마 지금 잠을 자고 있었던 것 같은데… 꿈속에서 생전 처음 보는 색깔의 푸른 호수가 있어서 정신 잃고 보다가 호수에 손을 씻으려고 손을 넣었더니 호수가 담요처럼 들어 올려지더라고요. 그 푸른 담요를 들어 올렸더니 구멍이 있어서 그곳으로 걸어 들어왔어요."

"그래? 일행은 없고?"

"네. 일행은 없어요. 제 꿈엔 저밖에 없었어요."

"그럼, 내가 무작위로 만들어놓은 통행로를 따라 이곳으로 오게 된 지구인 중 한 명이구먼."

51 ·

"통행로요?"

"응. 하나는 어느 집 방에 있는 큰 옷장에서 이어지게 했고, 하나는 호수를 들어 올리면 이어지게 했고, 하나는 산 정상에 있는 돌을 밀면 이어지게 했고, 하나는 다리 가운데 이어지는 연결라인에 두었고… 하나는… 아… 나도 어디에 연결했는지 정확히 기억이 나지 않는군. 암튼 이곳으로 들어올 수 있는 입구를 다섯 군데에 마련해놓았지. 재밌지? 나도 만나는 사람만 만나니 쫌 따분해서 말이야. 일단 흔하게 구경할 수 없는 이 세계로 초대된 것을 축하해."

"여기가 어딘데요?"

"여기? 여기는 죽어서야 볼 수 있는 세상, 아니지 죽어서도 이쪽으로 온다는 보장은 없지. 죽어야 올 수 있는 세상이지만 죽지 않아도 이 아름다운 세상을 볼 수 있도록 한정판 이벤트를 벌였는데 네가 당첨된 거야. 넌 로또보다 더한 대박을 얻은 거라고. 더구나 이 아름다운 나를 봤잖아. 다시 한번 축하해."

"당신은 누구신데요?"

"나? 나는 지구인의 삶을 지휘하는 존재라고 알면 될 것 같군."

"GOD세요?"

"GOD? 글쎄 난 내 호칭도 잘 모르겠어. 부르고 싶은 대로 불러."

"길은 이제 알았으니 심심하거나 가끔 날 찾고 싶을 땐 같은 통로로 오면 돼."

"꿈은 잊어버리잖아요. 어떻게 다시 찾아요? 제가 애를 쓴다고 꿈이 꿔지는 것도 아닌데요."

"그거야 내가 알 바 아니고. 뭐 다시 못 찾아온다고 해도 안타까울 건 하나도 없고, 나한텐. 그런데 나를 간절히 찾는 경우를 보면 좋을 때는 거의 없더라고. 그러니 나를 찾고 싶지 않은 것이 더 행복하게 잘 살고 있는 거라 생각하면 돼. 어쩌다 내가 지구인들이 힘들 때 찾는 존재가 되었는지는 모르겠지만 말이야."

"여기는 그런데 원래 이렇게 아무것도 없어요? 세상이 온통 하얗기만 하군요."

"너한테 안 보이는 것뿐이야. 자세히 들여다봐. 가구도 하얗고, 길도 하얗다고. 잘 못 봐서 부딪치고 다치는 사람이 많으니 너도 조심해. 그나저나 너 평일인데 나하고 이렇게 오래 이야기해도 돼? 출근 안 해?"

"아! 지금 몇 시예요?"

"지금 일어나면 될 것 같은데?"

Ⅱ

"또 왔네? 이번엔 어디로 왔어?"

"꿈에서 산을 올랐는데 돌 하나를 움직였더니 문이 생겨서 들어왔어요."

"신기하군. 신기해. 한 사람이 두 번 올지는 몰랐어."

"뭘 던지시는 거예요? 흙장난을 하시는 거예요?"

"흙장난? 그렇게도 보일 수 있겠군."

GOD는 찰흙을 많이 잡았다가 적게 잡았다가 양을 바꿔가면서 계속해서 던졌다.

"오호라! 이번엔 제법 많이 던져야겠군."

"끝도 없이 이어진 컨베이어벨트 위로 왜 흙을 던지는 거죠?"

"궁금한 게 많군. 이제 곧 태어날 사람의 그릇 크기에 따라 필요한 재료를 던져주는 거야."

"사람의 그릇이요?"

"그래. 사람마다 그릇의 크기가 다르단 소리는 들어봤지?"

"네. 그런데 진짜로 그렇게 사람마다 그릇을 만드는 재료가 다르게 주어지는 거였나요?"

"속고만 살았나."

GOD는 계속 흙을 던졌다.

"이렇게 재료를 던져주면 태어나는 순간부터 사람들이 자기 그릇을 만들기 시작하는 거지. 그릇의 재료로 한 덩어리의 찰흙을 던져주면 그걸 빚어가며 숨겨진 자기 모습을 만들어간다고 할까? 인생은 자기 그릇을 만들어가는 과정이잖아. 크고 단단한 그릇이 되려면 반죽을 오래 해야 하지. 어떤 사람들은 죽을 때까지 그릇을 만들어서 최종적으로 그 크기를 가늠할 수 없기도 해. 또, 너무 어린 나이부터 자신의 그릇을 만들기를 포기하는 사람도 있고. 어떤 사람은 반죽을 잘하지 않고 대충 겉모습만 번드르르하게 만들었다가 말리면 금방 부서지는 사람도 있고 다양해. 많은 흙을 갖고 태어나는데 그 재료로 그릇의 반도 만들지 못하는 사람도 있어. 반면 적은 흙을 갖고 태어났지만 열심히 반죽하고 자신만의 독창적인 모습으로 만들어 빛이 나는 그릇이 되는 사람도 있고."

"흙을 많이 받을 사람들은 처음부터 정해져 있는 거예요?"

"뭐 그렇긴 하지. 앞으로 세계적인 위인이 될 그릇들은."

"그럼 처음부터 재료가 적게 주어지는 사람은 만들 수 있는 그릇도 한계가 있겠네요?"

"솔직히 말하면 있지."

"그게 그 사람의 한계가 되는 건가요?"

"그렇겠지? 그런데 그릇이 꼭 커야만 좋은 건 아니잖아.

그릇의 용도는 다 다르니까. 또 어떤 경우는 옆 사람이 오랫동안 반죽을 성실히 하고 있는데 흙이 모자라 보인다 싶으면 그에게 자신의 재료를 나눠주는 배려의 그릇이 큰 사람들도 있기 마련이야. 그래서 재료가 적게 주어진다고 딱 그 양만큼이 그 사람의 평생 그릇이 된다고는 단언할 수 없어."

"그렇군요. 저는 어떤 유의 사람일지 궁금해요."

"다음 방으로 가면 사람들이 지금 어느 정도의 그릇을 만들어가고 있는지 알 수 있어."

"그렇군요. 그럼 제 그릇도 있겠네요?"

코코는 자신의 그릇 크기가 궁금했다.

"있겠지? 이 세상 모든 사람의 그릇이 있으니까."

"제 그릇을 한번 볼 수 있어요?"

"왜?"

"궁금해서요."

"보는 것을 별로 추천하고 싶지 않은데. 실망하는 사람들이 훨씬 많거든. 어느 정도 자신에 대한 환상도 있어야 착각도 생기고 그 착각에 따라 내가 아니면 안 된다는 열정도 생기는 법이야. 그 환상과 착각으로 원래보다 그릇이 더 커질 수도 있거든. 미리 자신의 그릇을 보면 바뀔 수 있는 여지를 막아버려 어쩌면 '독'이 될 수도 있어."

"물론 그럴 수도 있겠지만 한계를 알면 무모한 도전은 하지 않아서 좋을 것 같기도 한데요. 모험을 했다가 상처받은 적이 많아서요. 이젠 나이도 들었으니 나를 바로 알고 무모한 도전은 안 하고 싶기도 해요.”

“무모한 도전인지 자기 그릇을 더 키우기 위한 모험인지 구분을 할 수는 있고?”

“…”

코코는 망설였다.

“보여주는 건 어렵지 않지만 너의 도전이 무모한지 그릇을 더 키우기 위한 모험인지 구분할 수 있게 되면 다시 찾아와. 안 그러면 자기의 생각보다 작은 그릇을 보게 되는 순간 자신감이 뚝 떨어져 어떤 시도도 할 수 없게 될 거야. 자신이 함께 해야 할 사람들의 인생에 나쁜 영향을 주지 않으면서 자신이 하고 싶은 도전을 하는 것이 모험이야. 멈출 것이냐! 그릇을 더 키울 시도를 할 것이냐! 무모함과 모험의 경계에서의 선택!”

“그 선택을 어떻게 해야 하나요?”

“그건 네 몫이지. 이 세상에 태어난 순간 너에게 주어진 역할! 그걸 남에게 미루면 큰 그릇을 가진 사람이 되려는 꿈은 깨야지.”

Ⅲ

"우와! 모니터가 엄청 커요!"

공기의 결을 따라 코코가 목소리부터 형체까지 서서히 나
타났다.

"앗! 깜짝이야! 또 너야?"

지난번 다정다감했던 분위기와 달리 화가 난 듯한 목소리
가 천둥처럼 울렸다.

"제가 뭘 방해한 건가요?"

기어들어가는 소리로 코코가 말했다.

"이 시간에 어떻게 올 수 있지? 지금은 네가 한참 일할 시
간 아니야? 이번엔 어떻게 왔어?"

GOD는 예민하고 까칠했다.

"어젯밤에 잠을 못 자서요. 밤낮이 바뀌어서 그렇게 되었
어요. 낮잠을 자던 중 꿈에서 다리를 건너는데 다리 한가운
데가 갈리면서 떨어졌는데 이리로 왔어요."

코코는 눈을 마주치지 못했다.

"흠, 이곳으로 오는 통로는 자기 일을 열심히 하는 사람들
에게 내가 주는 특별한 선물이야. 네가 일해야 할 시간에 나
태하게 잠을 자다가 이곳으로 와서 자꾸 내가 일하는 것을
방해한다면 길을 막을 거야. 그럼 넌 여기를 영영 못 오게 된

다고."

"네. 명심할게요. 또 방해하지 않고 그냥 조용히 있을게
요."

코코는 GOD의 뒤에 있는 하얀 의자에 최대한 밀착해서
앉았다. GOD는 코코를 의자에 앉게 하고는 다시 자신의 일
에 집중했다.

'내가 낮잠을 잔 게 그렇게나 잘못했나?'

코코는 자신이 갑자기 나타나서 GOD의 일을 방해한 것은
미안했지만 그게 이렇게 호통을 당할 일인지 새삼 억울한 생
각이 들었다. 의연한 척했지만 GOD의 천둥 같은 소리에 코
코의 머리카락이 모두 곤두섰다. GOD의 뒤에서 심호흡을
했다.

GOD는 부지런히 선을 이었다가 또 어떤 선들은 다시 지
웠다. 매우 분주한 모습이었다. 눈빛은 모니터를 부실 수도
있을 만큼 진지했다. 꽤 오랜 시간이 지나 두 팔을 위로 올려
스트레칭을 하고 고개를 숙여 목근육을 푼 후 뒤를 돌았다.

"오늘은 일단 끝났어."

GOD의 얼굴에 다시 여유가 생겼다.

"GOD도 일을 하는군요."

코코의 말에 GOD가 피식 웃었다.

"사람들은 내가 그냥 유유자적 놀고먹는 줄 알아요. 아마

도 일을 가장 많이 해서 GOD가 되었을 거야."

GOD가 팔을 번갈아가며 뭉친 어깨를 풀며 말했다.

"일하시는 게 꼭 그림을 그리는 것 같아요."

코코는 GOD의 기분을 살피며 한마디 했다.

"맞아. 선을 긋고 있는 거야."

GOD는 심드렁하게 말했다.

"선이요?"

코코가 물었다.

"이걸 한번 보여주지."

GOD는 선이 잔뜩 그려져 있는 모니터를 확대했다.

"점은 사람이고, 난 사람과 사람을 선으로 연결하고 있지. 그걸 지구인들은 인연이라고 부른다네."

"설마 여기서 사람들의 인연을 이으시는 거예요?"

코코의 눈이 휘둥그레졌다.

"응. 난 GOD. 인연을 설계하는 존재니까."

GOD의 후광이 눈이 부셨다.

"옛날에는 끈으로 사람들을 일일이 이었거든? 그러다가 전원 코드로 바뀌었고 이제는 이렇게 태블릿으로 그리거나 버튼으로 작업을 할 수 있게 되었지."

"그런데 선이 모두 같은 모양은 아니네요?"

"당연하지. 네가 만나는 사람들을 생각해봐. 다 같은 농도의 인연인가? 아니잖아."

"그건 그렇죠."

"그러니까. 다 설명해줄 수는 없고, 내가 그래야 할 이유도 없고. 두 개 정도만 설명해주지. 이 선은 흐름을 표시한 거야. 부모와 자식은 부모에서 시작해서 자식으로 화살표가 가는 선이지. 이 친구들 같은 경우는 내가 화살표 없는 선분을 그었어. 대등한 관계, 동시적 관계야. 색의 농도로 인연의 짙고 옅음을 나타내기도 하고, 선의 길이로 인연의 길고 짧음을 나타내기도 하지."

GOD는 옆집 아저씨처럼 편하게 생각되다가도 이럴 땐 거리감이 확연히 느껴졌다.

"단순한 선 작업 같지만 한 사람의 인생이 꼬여버릴 수가 있어서 정신 바짝 차려야 해. 가끔 인턴 천사들을 시켜도 관리는 내가 다 해야 해. 내가 가장 집중해야 하는 시간이지. 그런데 예기치 않은 손님이 갑자기 나타나서 집중력이 깨진 바람에 너에게 큰소리를 친 거야. 신이긴 해도 마음 평정을 유지하긴 참 쉽지 않네."

GOD는 평정심을 유지하지 못하고 화를 낸 것이 조금 머쓱한 표정이었다. 코코는 크게 개의치 않고 화면만 쳐다보다 화제를 돌렸다.

"여기 이 사람은 한 명이 연결된 선의 개수가 장난이 아닌데요?"

"응. 요즘 지구인들의 말로 '핵인싸'라는 사람이지. 영향력이 많은 셀러브리티야. 특별한 경우고. 대부분은 기본적으로 가장 먼저 연결되는 것은 부모야. 부모가 선으로 연결되면 부모의 친척과 부모와 이미 연결된 사람들이 기본 세팅으로 따라가고. 그때는 복사해서 붙여넣기 하면 돼."

"그런데 정말 그 많은 지구인의 인연을 관리하세요?"

"그럼. 뭐 그게 어려워? 밥 먹고 내가 하는 일이 그건데. 네가 자꾸 잊어서 하는 말인데 난 전지전능한 신이야. 내가 너랑 몇 마디 섞는다고 날 너와 같은 수준으로 보면 곤란해."

"…"

"왜 말이 없어? 내가 너무 대단하게 느껴져서?"

GOD의 어깨가 한껏 부풀어 올랐다.

"그런데…"

코코는 주저하다가 말을 이었다.

"아버지는 제가 태어나기 전에 돌아가셨거든요."

코코는 큰 눈을 끔뻑이며 GOD를 봤다.

"그건 어떤 선을 그려서 그런 거죠?"

코코는 물었다.

"글쎄. 그건 답하기 곤란해. 인간에게 답할 수 없는 나만의 영역이란다. 내가 선을 흐리게 그려서 그렇게 되건, 어쩌면 그리는 것을 깜빡 잊어서 반드시 있어야 할 인연이 이루어지지 않게 되건 간에 그건 너에게 말할 수 없는 나만의 영역이란다. 알겠니? 지구인들은 조금 친해지면 넘지 말아야 할 경계를 넘어 피곤해."

GOD는 고개를 저으며 말했다.

"따지려고 했던 건 아니에요. 전 그저 어떻게 인연들을 설계하고 선으로 그리는지 원리가 궁금했을 뿐이에요. 당신의 영역을 간섭하고 싶은 생각은 없어요."

코코는 이래저래 GOD의 심기를 불편하게 하는 자신이 답답했다. 둘 사이엔 오늘 꼬인 선이 그려진 듯했다.

"그나저나 어젯밤엔 도대체 무슨 일이 있었는데 낮에 잠에서 헤매고 있는 거지?"

GOD가 꼬인 선을 풀어보려는 듯 말을 걸었다.

"밤에 경비벨이 울려서 한참 자다가 깼어요."

"저런 도둑이라도 든 거야?"

GOD가 놀라서 물었다.

"다행히 그건 아니에요. 그게 말이죠. 자다가 놀라서 전화를 받았는데 보안업체에서 와이파이 접속을 확인해 달라고 하더군요."

"엥? 장난해? 그걸 굳이 왜 밤에 확인을 해?"

"보안업체 시스템은 와이파이가 작동해야 센서가 작동해

요. 와이파이가 꺼지면 혹시나 도둑이 연결선을 자른 건 아닌가 해서 연락이 와요. 그런데 그 밤중에 전화를 받고 확인해보니 정말 와이파이가 잡히지 않더군요. 와이파이 단말기가 있는 엄마 방으로 들어가보니 코드가 진짜로 빠져 있더라고요. 갑자기 잠이 깨서 짜증 섞인 말투로 왜 그걸 자꾸 빼느냐고 엄마에게 바락 소리를 질렀어요. 밤중에… 아마 동네 사람들이 다 들었을 거예요."

"네가 엄마한테 소리를 질렀다고?"

GOD는 믿기지 않는다는 듯 의아한 표정을 지었다.

"네. 제가요."

코코는 맘이 불편한지 얼굴이 일그러졌다.

"그렇게 안 봤는데 참! 못됐다. 다시 꽂으면 되지. 그걸로 밤에 엄마에게 화를 내니?"

GOD는 코코를 나무랐다.

"그러게요. 아무리 생각해도 제가 잘못했어요. 그런데 정말 몇 번을 그러지 마시라고 말씀드렸는지 몰라요. 처음에 엄마가 와이파이 코드를 빼놓으실 땐 다시 꽂으면 되니까 화를 내진 않았어요. 그런데 그게 계속 반복되고 더구나 잠이 중간에 깨서 예민해져 저도 모르게 그만…"

코코는 자책했다.

"왜 그러시는지 여쭤봤어?"

"와이파이 단말기 불이 번쩍번쩍하잖아요. 언제부터 엄마는 전기가 위험하다고 자꾸 끄세요. 그건 위험한 불이 아니라고 몇 번을 말씀드렸는데도 계속 끄세요. 충전하려고 꽂아둔 핸드폰 코드도 뽑고 노트북 전원도 뽑고, 불이 나면 어쩌냐고 하시면서요. 아침에 일어나 충전되지 않은 핸드폰을 볼 땐 정말 어찌해야 할지를 모르겠어요."

"음, 그렇군. 전기 조심하면 좋지 뭘 그래."

"그렇죠. 조심하면 좋죠. 그런데 제가 옆에서 라면을 끓여 먹는 것을 분명히 보시고도 넌 뭘 먹었냐고 물으시면 도대체 어떤 대답을 해야 할까요? 엄마의 머릿속에서 무슨 일이 일어나고 있는 건 아닐까요? 단순히 전기 조심인가요?"

"…"

코코의 사연을 들은 GOD는 아무 말이 없었다.

"제 방에 들어가 혼자 울기 시작한 지 꽤 되어가네요. 짜증을 내고 돌아보면 엄마가 불쌍하고 그래서 어젠 잠을 못 자고 낮에 자다가 여기를 온 거예요. 갑자기 온 건 죄송해요. 엄마는 저에겐 늘 용감하고 똑똑하고 현명한 분이셨어요. 전 아빠 없이 컸지만 그 빈자리를 좀처럼 느끼지 못했어요. 그건 모두 엄마 덕분이에요. 그런데 연세가 많아지시고 어느 순간부터 판단이 예전 같지 않으시고 체력도 현저히 떨어지셨어요. 언제 그렇게 늙으셨는지… 그 모든 게 다 내 탓인 것만 같아 슬프다가도 이런 일이 생기면 마음으로 그러지 말아야지 하면서도 속상해요. 앞으로 이런 일이 더 자주 일어나겠지 마음을 굳게 다져도 한순간에 무너지고요. 저 못됐죠?"

코코는 계속 말을 이어갔다.

"엄마는 제가 말을 못 하는 아기였을 때 제가 원하는 것을 다 헤아려주셨는데… 이제 반대로 엄마가 말도 안 되는 아기 같은 행동을 하니 저는 엄마를 헤아려드리기는커녕 짜증만 내고 앞으로 내가 살 날을 먼저 걱정하고 있어요. 어릴 적에 제가 엉뚱한 행동을 하면 엄마는 놀라면서도 항상 웃음을 지으셨는데 할머니가 된 엄마의 엉뚱한 행동에 저는 두려워서 놀라고 있더라고요. 너무 못된 것 같아요. 사람이 이렇게 은혜를 잊는 존재인가 싶구요."

코코의 복잡한 심경은 단지 어제 하룻밤만의 문제는 아닌 듯했다.

"너만 그러는 건 아니야. 너무 자책하지 마."

GOD는 잔뜩 움츠러든 코코의 어깨를 감쌌다.

"누구나 인생을 살다보면 다시 처음으로 돌아왔을 때 거꾸로 된 상황을 맞닥뜨리게 된단다. 너의 부모는 아기였던 너를 만났고 인생의 길을 한 바퀴 돌아온 그 자리에서 너는 아기 같아진 부모를 만나지. 부모는 너의 시작을 기억하고 너는 부모의 끝을 기억하는 거란다. 그게 내가 설계한 부모와 자식 간 인연의 원리야. 의연하게 받아들이렴. 탯줄을 끊으면 둘의 삶은 서로 떨어질 줄 알았지만 부모 자식 간 인연의 끈은 보이지 않은 채로 연결되어 있어. 서로 다른 삶인 줄 알았지만 결국 이어져 있지. 부모와 자식은 인생이라는 뫼비우스의 띠를 서로 다른 방향에서 교차해서 걷다가 서로의 역할이 바뀔 때 다시 만나는 거란다."

GOD는 차분한 목소리로 조곤조곤 말을 했다.

"엄마는 나의 시작을 기억하고 나는 엄마의 끝을 기억하는 건가요?"

"너도 엄마에게 천둥 같은 소리를 치고 마음이 불편해서 어디다 말할 데도 없어서 날 찾아온 것 같은데 앞뒤사정도 모르고 더 큰 천둥 같은 호통을 쳐서 괜히 미안하네. 인연을 좋게 만들어가는 과정엔 예측치 못한 불편함도 어느 정도 감수해야 하는 법인데, 친구라는 인연의 길을 터놓은 것도 나면서 너무 나 중심으로만 생각한 것 같군."

GOD는 신답게 너그러이 코코의 마음을 풀어주었다.

"한없이 약해지시는 엄마를 보면 엄마와 헤어질 시간이 가까워온 건 아닌지 두려워요. 신의 영역이라 말할 수 없다고 했잖아요. 그래도 한 가지만 말씀해주시면 안 돼요? 엄마와 저의 선은 오래 그리고 튼튼하게 연결되어 있나요? 언젠간 그 선이 끝나는 날이 오겠지만 전 아직 준비가 되어 있지 않아요. 어른이라고 하지만 전 아직 엄마 없이 살아갈 자신이 없어요."

코코는 답이 없는 질문에 대한 답을 원하듯 GOD를 바라봤다.

"그래도 그건 말해줄 수 없어. 그걸 견디는 건 네 몫이야. 그리고 넌 그걸 충분히 견뎌낼 수 있을 거야."

☆

비밀생중계

20년 전 —

"자자! 잘 좀 서봐. 뒤에 전시회 제목이 안 보이네. 약간 옆으로. 오케이. 모두 출석했다는 인증샷을 찍어서 보내야 하니까 여길 보자! 하나! 둘! 셋! 치이이이이즈!"

국제 미디어 아트 비엔날레 전시장 입구에서 남학생 한 무리가 사진을 찍고 있다. 인솔교사와 학생들의 모습이 대조적이다. 열의에 넘치는 교사와 달리 학생들은 '나는 이곳에 관심이 없어요. 언제 집에 가요?'를 온몸으로 표현하고 있었다. 단 한 명을 빼곤.

"자! 이제 출석 확인은 했으니 자유롭게 관람해. 12시 30분에 입구에서 만나자. 다른 데로 튀지 말고 전시장으로 들어가! 활동지를 작성해서 제출하는 거 잊지 말고!"

이리저리 뿔뿔이 흩어지는 아이들의 뒤에서 교사는 목청

껏 소리쳤지만 아이들의 귀에까지 전달되지는 못했다.

"드디어 자유군."

나니엘은 미소를 지었다.

"나니엘! 넌 이런 데 좋아하지?"

한 친구가 운을 뗐다.

"우아한 나니엘의 장래희망은 이 미술관 큐레이터잖아."

다른 친구도 거들었다.

"영예로운 직업이지. 세계 3대 미술관의 큐레이터."

나니엘의 눈빛은 미래의 어느 날 자신의 모습을 상상하는 듯 보였다.

"난 동아리에서 미술관 올 때가 제일 싫어. 관람하는 시간보다 집에서 미술관까지 왕복하는 시간이 훨씬 더 많이 걸릴걸?"

함께 무리를 이룬 친구들이 공감하는 웃음을 터뜨렸다.

"그래도 내 친구 나니엘이 좋아하는 곳이니까 다른 곳으로 가자고 떼쓰지 않고 순순히 따라왔지. 애들아! 우리가 친구로서 나니엘이 관람하는 데 방해는 되지 말아야지, 안 그래? 나니엘, 너 혼자 다 보고 와! 우린 입구에서 게임하고 있을게. 활동지 잘 써와라!"

렐레를 비롯한 나니엘의 친구 무리는 선생님의 눈을 피해 게임을 할 수 있는 적당한 장소를 찾아 핸드폰이 있는 친구

옆으로 모였다. 이들에겐 이런 상황이 처음은 아닌 듯 각자의 위치를 잡는 모습이 아주 자연스러웠다.

"그래! 그럼 난 잘 다녀올게. 잘 숨어 있어."

나니엘은 친구들이 선생님께 걸리지 않도록 행운을 빌며 전시공간으로 들어섰다.

대중과의 공감이라는 제목 아래 빛, 소통, 시간을 주제로 공간이 나뉘어 있는 전시장엔 여러 신기한 오브제들이 가득했다. 정시마다 시작하는 도슨트의 설명을 듣기 위해 관람객들이 모여 있었다. 나니엘도 재빠르게 그 무리에 들어갔다. 어느 것 하나 놓칠세라 설명을 적어가며 관람을 했다. 처음 들어선 공간엔 유리가 부딪히는 영롱한 소리를 배경으로 조명을 받은 유리조각이 반짝반짝 은은한 빛을 반사하고 있었다. 자세히 들여다보니 유리조각은 깨진 거울이었다. 조각 하나하나에 나니엘의 모습이 비쳤다. 분열되고 해체된 자아를 표현한 작품이었다. 탄생과 죽음이 이어지는 침대를 소재로 윤회사상을 담은 작품, 전하고자 하는 메시지에 따라 주로 선호하는 색이 다름을 광고와 뉴스를 분석하여 보여준 작품, 의자에 앉은 두 사람의 호흡으로 글씨를 완성해가는 작품 등, 나니엘에겐 모든 것이 새롭고 인상적이었다. "와! 어쩜 이런 생각을 했을까?" 그냥 봤을 때는 이해하지 못했던 작품들도 도슨트의 설명이 더해지면서 가깝게 다가왔다. 나니엘은 미디어 아트의 세계에 점점 빠져들었다. 관람을 할수록 잘 사용하지 않았던 뇌의 근육을 마사지 받는 느낌이었다. 일부 작품을 중심으로 한 도슨트의 해설 시간이 끝나고 관람객들은 다시 혼자만의 감상을 위해 흩어졌다. 나니엘도 설명 없이 지나쳤던 작품들을 찾아 나섰다. 혼자 전시장을 이리저리 다니던 중 관람객의 발길이 닿지 않은 비교적 한산한 전시공간에 다다랐다. 입구는 검은색 암막커튼이 천장에서 바닥까지 드리워져 있었다. 그 커튼 안으로 들어서려는 순간 붉은색 글씨로 쓰인 안내판이 보였다.

"이 전시물은 아티스트 욘의 개인 사정으로 곧 철거될 예정입니다."

안내에 따르면 오늘이 마지막 관람일이었다.

"왜 먼저 철수하지?"

하루 늦게 왔다면 못 봤을 작품이라 생각하니 더 궁금해졌다. 조심히 커튼을 젖혔다. 어두웠다. 눈이 어둠에 적응하고 나니 규모로 압도되는 커다란 공간이 나타났다. 진행요원이 어딘가에 있을 텐데 보이지 않았다. 선뜻 들어서기가 조금은 무서웠지만 용기를 내어 들어갔다. 바닥, 벽, 천장 여기저기엔 스피커로 보이는 물체가 설치되어 있었다. 혹시라도 발로 차서 망가뜨릴까 조심조심 걸어갔다. 처음엔 나니엘이 서 있는 입구 쪽의 스피커에서 소리가 들리다가 다른 위치의 스피커로 소리가 옮겨갔다. 소리는 천장에서도 들리고 벽에서도 들렸다. 한참을 들어보니 설치된 스피커에서 반시계 방향으로 돌면서 소리가 났다. 어떨 땐 소곤소곤한 소리로 나누는 대화가 들리고 어떨 땐 시장에서 큰 소리로 흥정하는 듯한 대화가 들렸다. 비어 있는 큰 공간은 구석구석 여러 나라 사람들의 대화로 가득 찼다. 좀 더 걸어가보니 전시장의 가운데에는 공중전화 박스 크기의 부스가 다섯 개 놓여 있었다. 두 개의 부스 안에서 먼저 들어온 관람객들이 뭔가를 하고 있었다. 이 어두운 공간에 혼자가 아니라는 생각이 들면서 누군지 모르는 그 사람들이 의지가 되었다.

"도대체 이 작품은 무엇을 표현한 걸까?"

나니엘은 도무지 알 수 없었다. 공간 밖을 이리저리 살피는데 첫 번째 부스 안에 있었던 관람객이 나왔다. 관람객이 나오는 순간 공간에는 새로운 소리가 하나 덧입혀졌다. 말소리 같기도 한데 정확하게 무슨 말인지 알아들을 수는 없었다. 잠시 뒤 또 다른 칸에 있던 관람객도 나왔다. 그러자 또 하나의 소리가 덧입혀졌다.

"뭐지? 부스와 소리가 연결이 되어 있는 건가?"

나니엘은 호기심을 갖고 부스 안으로 들어갔다. 부스 안에는 작은 테이블이 있고 그 위엔 마이크가 놓여 있었다. 나니엘은 마이크 옆에 있는 설명서를 읽었다.

"이 마이크는 비밀 마이크입니다."

나니엘은 이 어울리지 않는 단어의 조합에 웃음이 터져 나왔다.

"풉. 비밀을 마이크로?"

설명을 좀 더 읽어 내려갔다.

"비밀과 마이크는 서로 어울리지 않는 단어입니다. 비밀은 누군가가 들을까봐 소곤거리며 말해야 하는 반면 마이크는 보통 여러분의 말소리가 더 크고 잘 들리게 하는 도구이니까요. 이 특별한 마이크는 여러분의 말소리를 해체하여 알 수 없는 파동으로 만들어 이 공간으로 날려 버립니다. 여러분의 속을 시원하게 해드리되 비밀이 새나갈 걱정은 할 필요가 없습니다. 어디에도 기록으로 남지 않습니다. 말하고 싶지만 말할 수 없어서 답답한 당신만의 비밀을 말해주세요. 그리고 부스를 나가는 순간 마음의 짐을 내려놓으시길 바랍니다."

나니엘은 설명서를 읽고 또 읽었다. "앗! 이런! 이건 내 친구들에게 딱인데…" 엄마 몰래 담배를 피우는 녀석부터 어른인 척 몰래 술을 산 친구까지 다섯 칸의 부스로는 부족할 비밀을 많이 간직하고 있었다. 그리고 사실 나니엘도 부모님에게 말하지 못해 혼자만 끙끙 앓고 있는 비밀이 있었다. 라디오 상담 프로그램에 말해볼까? 학교 상담선생님께 말할까? 몇 번을 망설이다 묻어두었던 말. 언젠가 용기 내어 말할 날을 기다리던 말이 있었다. 나니엘이 마이크 앞에 머뭇거리는 동안 또 다른 관람객이 부스 밖에서 기다리다가 다른 부스로 옮겨갔다. 나니엘은 생각하고 또 생각했다. 그러다 마이크를 켜고 어떤 말을 하기 시작했다.

나니엘은 말을 끝내고 짧은 호흡을 내쉰 후 부스로 나왔다. 나니엘이 나오자 공간에는 또 하나의 소리가 덧입혀졌다. 나니엘은 사람들의 대화 소리 위로 계속해서 덧입혀지는 알아들을 수 없는 소리의 정체는 이 부스 안을 들어갔다 나온 사람들의 비밀임을 깨달았다. 그리고 자기가 말한 비밀이 혹여 들릴까 한참을 애를 쓰고 공간의 소리에 집중했다. 하지만 다행히 들리지 않았다.

"한 번도 보지 못한 욘이란 사람에게 나의 비밀을 터놓게 될 줄이야!" 나니엘은 욘의 이름을 활동지에 잘 기록해두었다. 나니엘은 12시 30분이 되어 전시장 밖으로 나왔다. 친구들은 나니엘의 활동지를 서로 먼저 보겠다고 기다리고 있었다. 나니엘은 혹시나 자신의 비밀이 들리지는 않을까 귀 기울이며 전시장을 다시 한 번 바라봤다.

조의 진행은 오늘도 격이 달랐다. 조는 작품을 돋보이게 하는 연출력과 대중들의 눈높이에 맞는 설명으로 미술 경매의 대중화를 이끌었다는 평을 받고 있는 유능한 진행가이다. 눈을 뗄 수 없는 미모에 카리스마를 뿜어내는 진행 솜씨까지 어우러져 연예인 못지않은 인기를 누리고 있다. 목적을 위해서는 물불을 가리지 않는 무서운 여자라는 기사로 잠깐 인터넷 실검순위에 오르기도 했으나 워낙에 높은 인기로 좋지 않은 평은 금세 묻혔다.

"마지막 작품은 비운의 미디어 아티스트 욘의 작품입니다."

미술품 경매장 안이 술렁였다. 몇몇 사람들은 미간을 찡그렸다.

"욘은 2000년대 초 활동한 화가인데요. 대중들로부터 호불호가 상당히 갈리는 작가입니다. 대표적인 작품으로는 〈비밀생중계〉가 있습니다."

조는 화면에 욘의 영상을 띄우며 진행을 이어갔다.

"욘의 시작은 수묵화였습니다. 수묵화로 입문했지만 대중들에겐 미디어 아티스트로 더 많이 알려졌죠."

화면에는 욘이 먹을 듬뿍 머금은 붓으로 화선지에 먹물을 떨어뜨려 자연스럽게 번지는 효과를 구현하는 모습이 나왔다. 먹물이 서서히 번져가는 모습을 근접 촬영으로 담은 영상은 마치 나무의 뿌리가 성장하며 뻗어 나가는 모습과 유사했다. 화면은 오버랩되면서 스피커가 설치된 어두운 공간에서 사람들의 대화 소리를 배경으로 새로운 소리가 덧입혀지는 영상으로 전환되었다.

"화면에 나온 작품이 바로 〈비밀생중계〉입니다. 먹을 듬뿍 머금은 붓으로 화선지 위에 뚝뚝 떨어뜨렸던 느낌을 먹물은 소리로, 화선지는 공간으로 비유하여 구현한 작품이죠."

화면에는 작가 욘이 작품을 만들어가는 과정과 각종 아카이브가 나타났다.

"공간에 들어서면 전 세계를 다니며 무작위로 수집한 사람들의 대화가 나옵니다. 소리가 나오는 스피커의 위치는 지구의 자전 방향과 같은 반시계 방향을 따릅니다. 전시장 부스 안에 있는 '비밀 마이크'를 통해 전한 관람객의 은밀한 이야기는 기계음으로 바뀌어 공간에 퍼집니다. 이 작품은 공공연하게 하는 말소리와 비밀을 말하는 소리 파동의 불협화음을 구현한 작품입니다. 말하고 싶지만 말할 수 없는 비밀은 드러나도 상관없는 대화들의 파동과 상쇄되어 사라집니다."

화면은 꺼지고 조명은 조를 향했다.

"전시장의 배경을 채웠던 소리는 전 세계를 돌며 수집한 사람들의 대화인데요. 욘은 전 세계 사람들의 소리를 수집하기 위해 세계 곳곳 공공장소에 무작위로 소리를 수집하는 기기를 본인이 직접 만들어 설치했습니다. 바로 이것입니다."

조는 손에 든 원형의 패치를 카메라로 비춰 경매장에 들어온 모두가 볼 수 있게 했다.

"지름 1.5cm의 투명한 원형 패치로 우리가 주변에서 쉽게 볼 수 있는 파스와 유사하게 생겼습니다. 투명하여 눈에 띄지 않게 어디든 붙일 수 있습니다. 놀랍게도 이 패치는 주변의 소리를 선명하게 흡수할 수 있습니다. 욘의 말에 따르면 세계 여행을 다니며 방문했던 카페, 지하철, 시장, 지나가던 골목 등에 무작위적으로 설치했기에 자신도 어디에 설치했는지 정확한 장소와 개수를 모른다고 합니다. 그러나 이것이 이 작품의 전시 수명에 결정적인 영향을 미쳤습니다. 욘은 그저 다양한 언어, 억양, 목소리를 담은 음성자료를 수집할 목적이었기에 그 말의 내용이 무엇인지는 전혀 궁금하지 않았고 말을 한 당사자의 신분을 드러내거나 악의적으로 이용하려는 시도도 없었음에도 그가 자료를 수집하기 위해 설치한 그 모든 것은 예술을 넘어 비도덕적이라는 대중의 비난을 면할 수 없었습니다. 싸늘한 여론을 감당하지 못한 당시 미술관은 욘에게 작품을 철거하도록 했고, 겉으로 드러난 철거 이유는 아티스트의 개인사정이었습니다. 물의를 일으킨 후 그 작품은 어느 갤러리에서도 환영받지 못했습니다. 전시는 더 이상 이루어지지 않았죠. 하지만 최근에 유명 크리에이터가 비운의 작가 시리즈로 화제를 얻으면서 욘의 작품이 다시 부각되기 시작했습니다."

사람들은 관심을 조금씩 보이기 시작했다.

"미술계에서 호불호가 많이 갈리는 작가이기에 경매에 나오기까지 여론의 관심이 많았지요. 여러분도 잘 아시겠지만 우여곡절이 많았습니다."

장내 사람들이 모두 웃었다.

"당시에 사용되었던 스피커, 소리 수집 패치, 비밀 마이크 등의 오브제는 욘의 작업실에 보관되어 있었는데 그중 스피커가 이번 경매에 나오게 되었습니다. 스피커는 전 세계에 무작위로 뿌린 소리 수집 패치에서 들어오는 소리를 받아 내보내는 역할로 여러 대가 있습니다. 그러나 이번에 경매로 나온 스피커는 욘이 마지막까지 소장했던 1호 스피커입니다. 놀랍게도 전원만 켜면 어딘가에 욘이 뿌려둔 소리 수집기에 모여지는 대화가 여전히 나옵니다. 자, 여러분에게 그 모습을 보여드리겠습니다."

조가 장막을 거두자 스피커는 모습을 드러냈다. 외관은 그저 과거에 흔히 있었던 오디오 스피커와 크게 다르지 않았다.

"자신의 작품을 철거한 이후 표현의 권리를 제한하는 미술계의 시스템에 더 이상 몸을 담고 싶지 않다는 의미를 담은 욘의 퍼포먼스를 여러분도 기억하실 겁니다. 어떤 소리를 외쳐도 거대한 물소리에 흡수되는 세계 폭포들을 다니며 '표현의 자유를 달라'고 외치는 퍼포먼스를 펼쳐 관심을 끌었습니다. 그런데 나이아가라, 빅토리아 폭포에 이어 이구아수 폭포에서 퍼포먼스를 준비하던 중 안타깝게 실종이 되었습니다. 수색을 했으나 아직까지도 생사의 흔적이 확인되지 않고 있습니다. 아이러니하게도 실종 이후 욘의 작품 가격은 더 오르고 있습니다. 지금부터 욘의 대표작 〈비밀생중계〉의 1호 스피커에 대한 경매를 시작하겠습니다."

그날 ―

J'ai eu des rissoles à la cantine hier.

Se está preparando una nueva tormenta.

よし、僕はいいよ。

Bad economy, what do you think of?

Wann sehen wir uns das nächste Mal?

nǐ chīfàn le ma ?

Bận quá nên không ăn cơm được.

¡Felicidades! Le deseo suerte adonde vaya.

Oh! È tanto tempo che non ci vediamo.

Покажите, какие места у вас остались?

ยินดีด้วยนะครับ ขอให้โชคดีกับสถานที่ใหม่นะครับ⋯

Who is your favorite writer?

Tebrikler. Ben de çok mutlu oldum.

거실 안은 세계 곳곳의 언어로 가득 찼다. 대화 뒤에는 바
닷가 소리도 나고 시장 같은 곳도 있었으며 새소리가 들리는
곳도 있었다. 마치 장면이 계속 전환되는 다국적 영화 여러
편을 틀어놓은 형상이었다. 그 소리로 덮인 공간에서 30분째
러닝머신에 있던 나니엘의 등에는 땀이 흥건했다. 그때 거실
로 누군가 맥주와 안주가 잔뜩 든 봉지를 들고 들어섰다.

"현관 비밀번호 바꿔야 하는 거 아니야?"

나니엘의 친구 렐레였다. 렐레는 자신의 집인 양 아주 자
연스럽게 부엌으로 들어가서 금방 사온 차가운 맥주가 미지
근해질세라 신속하게 냉장고에 넣었다. 그러곤 봉지를 뒤적
여 마른안주 세팅을 간단히 했다.

"운동했으니 맥주겠네?"

렐레가 나니엘에게 물었다.

"말해 뭐해."

나니엘은 러닝머신에서 계속 뛰면서 답했다. 평소 와인 한 잔으로 목을 축이는 정도의 술을 즐기는 나니엘이지만 운동 후엔 늘 맥주를 마셨다.

렐레는 맥주 두 캔과 마른안주를 가지고 나와 거실 테이블 위에 놓고 소파에 앉았다.

"어서 와."

먼저 캔을 따고 한 모금을 마시며 맥주 CF에서 흔히 볼 수 있는 표정으로 시원함을 표현했다.

"캬~ 역시 더울 땐 맥주 한 모금이 진리야."

러닝머신에서 내려온 나니엘은 수건으로 땀을 대충 닦아 목에 두른 후 렐레 앞에 앉아 캔을 땄다.

"스트레스가 한방에 날아가네."

나니엘이 말했다.

"그런데 계속 소리가 나는 저건 뭐야? 못 보던 거네? 오래 된 물건 같은데 라디오야?"

렐레는 여러 국적의 사람들의 대화가 끊임없이 나오는 스 피커에 관심을 보였다.

"이번에 경매에서 얻은 아이템. 나한테 관심 좀 가져."

나니엘이 짧게 답했다.

"오! 그래? 늘 회화 중심의 작품을 샀는데 이번엔 좀 특이 하네?"

렐레가 스피커를 보며 말했다.

"사실 이 작품이 경매에 나올지는 몰랐는데…"

나니엘이 의미심장한 미소를 지으며 말했다.

"너는 이거 기억 못 하지?"

나니엘이 렐레를 보며 물었다.

"이거?"

렐레는 금시초문이라는 표정을 지었다. 나니엘은 그럴 줄 알았다는 눈빛으로 안주를 집었다.

"난 그날이 지금도 생생해. 그날 이후로 혹시나 내 비밀이 새어 나갔을까봐 늘 긴장했었거든."

나니엘이 말했다.

"그날?"

렐레가 물었다.

"응. 그날. 그러고 보니 넌 기억에 없겠군! 전시장에 들어 가지도 않았으니."

나니엘은 안주를 집으며 말했다. 렐레는 도무지 무슨 말인 지 알 수 없다는 표정으로 맥주를 들이켰다.

"학창시절 동아리 때는 같이 미술관도 가고 그랬는데 어른이 되니 둘이 더는 함께 할 수 없어 안타까워."

나니엘이 말했다.

"보는 눈들이 많으니까."

렐레 역시 맥주잔만 들여다보며 말했다.

"요즘 세계 경기가 안 좋던데 넌 어때?"

렐레는 화제를 돌렸다.

"안정적인 자산을 중심으로 투자해서 큰 위험은 없어."

나니엘이 말했다.

"역시. 난 놈은 위험도 피해가는군."

렐레가 말했다. 둘은 잠시 대화 없이 맥주와 안주를 먹었다.

"사실 난 네가 큐레이터가 될 줄 알았어."

렐레는 나니엘의 공간을 채우고 있는 작품들을 돌아보며 말했다.

"큐레이터의 꿈을 접은 건 아니야. 지금도 계속 공부하고 있지. 내가 기획한 미술전시를 열 거야. 그 생각은 여전해."

나니엘의 눈빛이 반짝였다. 나니엘은 수학을 전공하여 금융업계에 취업한 후 섬세한 안목과 과감한 전략으로 부자들의 자산설계가로서 승승장구하였다. 유능한 자산설계가로 언론에 알려지고 우아한 외모로 커플 연결 TV쇼에 일반인 참가자로 나간 후 연예인 못지않은 인플루언서가 되었다. 여성팬이 압도적으로 많다. 자산설계사 일을 하면서도 어릴 적 꿈을 간직한 채 SNS에 자신이 소장한 미술작품과 그 해석을 나누면서 대중들과 자신의 취미를 공유해왔다. 나니엘은 평소 순수미술 분야 작품을 수집해왔다. 나니엘이 선호하는 작품 취향을 아는 대중들에게 〈비밀생중계〉 스피커가 놓인 그의 거실 사진은 SNS에서 화제가 되었다. 자산설계자의 시각에선 화제가 될수록 값이 더 올라가기에 나쁠 것은 없었다.

"틀어놓으면 재미있어."

맥주를 다 마신 나니엘이 쇼파에 등을 기대며 말했다.

"뭐? 저 작품?"

렐레가 물었다.

"응. 심심하진 않아. 사람이 만들어내는 음악 같다고나 할까? 나라마다 사람마다 억양이 다 다르잖아. 내가 뭐 다 알아듣는 것은 당연히 아니고. 가끔 영어, 스페인어, 한국어가 살짝 들리는 정도? 나머지는 그냥 음악 듣듯이 흘려듣는 거지 뭐. 예전엔 보지도 않는 TV를 크게 틀어놓거나 음악을 틀었었는데 그것과는 또 다른 매력이 있더라고. 그거 알아? 저기 잡히는 소리들은 이 작가가 어딘가에 설치해놓은 소리 수집 기기를 따라 잡히는 신호들이야."

나니엘이 렐레에게 작품에 대한 설명을 시작했다.

"저 대화들이 모두 라이브란 말이야?"

렐레는 놀란 표정을 지었다.

"그렇지."

나니엘은 쇼파에 기댄 채 렐레의 반응에 무덤덤하게 말했다.

"뭐야. 그럼 도청이야?"

"도청은 아니지. 누가 말하는지 몰라. 거기가 어딘지도 모르고. 사실 뭐 우리가 공공장소에 있을 때 우연히 주변사람들의 말을 듣게 되잖아. 식당에선 옆 테이블에서 큰 소리로 말하는 사람들의 대화도 들리고. 지난번엔 지하철을 오랜만에 탔는데 한 여자가 전화로 누군가에게 집 인테리어 바꾸는 이야기를 미주알고주알 하더라고. 난 관심도 없는데 그 여자가 어느 업체에 얼마에 맡겼는지까지 알게 되었다니까? 그런 개념 아닐까? 욘은 단지 우리가 흔히 가는 공공장소에서 무작위로 소리를 수집하려 한 거야. 하지만 너처럼 생각하는 사람들도 있어서 도청이라는 비난을 피할 수는 없었대. 그 여론의 뭇매에 전시도 접었고."

욘의 작품에 대한 이해는 나니엘과 렐레 사이에서도 갈렸다.

"그냥 라디오 틀듯이 켜놓으면 집에 사람이 있는 것 같기도 하고 썰렁하지 않아서 좋아. 난 사람들이 나누는 말의 내용엔 관심 없어. 저 사람들이 내는 파동이 그저 내 공간을 외롭지 않게 해줄 뿐이야."

나니엘이 말했다.

"나도 모르는 사이에 누가 내 말을 듣고 있다면 굉장히 싫을 거 같은데."

렐레가 이 작품에 대해 보였던 관심이 비호감으로 바뀌는 데는 얼마 걸리지 않았다.

"뭐가 그리 심각해. 이 넓은 지구상에 그게 누구인 줄 알고 소문이 날까?"

나니엘은 렐레가 지나친 걱정을 한다고 생각했다.

"솔직히 나야 유명인이 아니니까 사람들은 내가 무슨 이야기를 하는지 궁금하지도 않겠지. 하지만 넌 다르잖아. 일거수일투족이 화제가 되는 사람들이 소리 수집 패치가 설치된 곳에서 친구를 편하게 만났다고 생각해봐. 솔직히 친구들끼리는 무슨 말을 못 해? 더구나 넌…"

렐레는 몇 가지 걱정을 더 나열하려는 참이었다.

"그런 말을 공공장소에선 안 하겠지. 욘은 공공장소에서만 설치했다잖아."

나니엘은 렐레의 걱정을 안심시켰다.

"그래도 난 이번 너의 소장품은 맘에 썩 들지 않아."

렐레는 다 마신 캔을 찌그리며 말했다.

"나와의 관계가 드러나는 게 싫어서는 아니고?"

나니엘의 말 한 마디에 거실은 싸늘해졌다.

"도대체 넌 그걸 왜 샀어?"

렐레는 정말 이해하지 못하겠다는 듯이 미간을 찡그렸다.

"그건…"

나니엘은 말끝을 흐렸다. 그러다 다시 힘주어 말했다.

"욘이 내 비밀을 지켜줘서지. 그 답례라고나 할까?"

나니엘은 양손깍지를 껴서 머리 뒤로 받치고 천천히 소파에 기대며 말했다.

"비밀? 도대체 무슨 비밀?"

오늘따라 시원하게 속을 드러내지 않는 나니엘이 맘에 들지 않은 듯 렐레의 말투는 살짝 예민해졌다.

"내가 남자인 너를 사랑한다고 처음으로 고백을 했거든. 너도 알다시피 지금까지 비밀은 지켜지고 있고."

"뭐?"

나니엘의 말에 순간 렐레는 경직되었다.

"그래. 말했어."

나니엘은 말하면서 렐레의 얼굴을 응시했다. 그리고 덧붙였다.

"20년 전, 학교동아리에서 함께 간 미술관 기억해? 그날 욘의 작품 앞에서 누구에게도 말할 수 없는 비밀을 사람들의 대화소리에 묻히게 해서 날려버렸지."

나니엘은 혼란스러워하는 렐레를 쳐다보다가 시선을 스피커로 돌렸다. 잠시 나니엘의 말을 곰곰이 되짚던 렐레는 모든 것이 이해된 듯 경직된 표정을 풀었다. 그리고 둘은 스피커로부터 나오는 소리가 채워진 거실에서 은밀한 시간을 보냈다.

한 달 후 —

"와우! 가십 오렌지가 또 한 건 했네. 지난번엔 네가 제일 좋아하던 아이돌 열애설로도 대박 치더니 이번엔 지금 한참 잘나가는 나니엘이네? 요즘 연예신문 중 최고 주가를 올리고 있어. 이참에 너도 주식이나 사봐."

신문기사를 보던 피나가 말했다. 그때 주문한 브런치 세트가 나왔다.

"난 그럴 기분 아냐."

제인은 기분이 좋아 보이지 않았다. 음식이 서빙될 땐 늘 박수를 치며 환호를 터트리던 제인은 오늘은 묵묵히 쳐다보기만 했다.

"그래, 넌 나니엘을 사랑했으니까."

피나는 빵에 치즈를 바르며 무덤덤하게 말했다.

"아니, 커플연결 프로그램에 나왔던 사람이 동성애자라니. 어떻게 그럴 수 있지? 데이트를 하며 여자와 썸을 타던 과정이 다 거짓이었다는 거야?"

혼잣말을 계속하고 있는 제인을 보며 빵을 먹던 피나가 말했다.

"야! 네가 먹을 거 앞에서 이렇게 오랫동안 이야기를 하는 게 난 더 거짓 같아. 너답게 음식에 집중하는 건 어때?"

제인은 포크로 샐러드를 뒤적거리다 분이 풀리지 않았는지 계속 말을 이어갔다.

"그걸 보고 내가 얼마나 연애감정이 몽글몽글 피어올라 설렜다고. 내가 거짓쇼를 보고 그랬다니 가만있어도 화가 나."

"너무 그러지 마라. 솔직히 난 리얼리티 쇼라는 거 안 믿은 지 오래야. 리얼리티라고 읽고 짜고 치는 쇼라 생각하지."

피나는 위로를 하는 건지 약을 올리는 건지 알 수 없는 말을 던지며 음식을 먹는 데만 집중했다.

"이번 일로 나니엘의 여성 팬들이 많이 떠나겠지. 당분간 TV에도 안 나올 테고."

피나가 말했다.

"원래 자산설계사였으니 자기 일에 신경 쓰겠지."

제인이 퉁명스럽게 말했다.

"그래. 세상사람 다양한 거 아니겠어? 잠깐이라도 널 행복하게 해주었던 사람을 너무 매몰차게 대하지는 마. 기분 풀고 오늘의 파스타나 먹어봐. 맛 좋다. 셰프가 오늘 컨디션이 좋은가봐."

피나가 포크로 파스타를 한 번 더 돌려 개인접시로 담아가며 말했다.

"그나저나 기자들도 대단해. 뭔가 있다 싶으면 사람을 집요하게 따라 다니나봐. 유명해지는 것도 참 피곤할 거야."

피나가 이번엔 샐러드를 공략하며 말했다.

"기자한테 먼저 제보한 건 일반인이래. 비밀이 생중계되기 전에 이미. 전통 있는 전파사에 근무하는 직원이라던데… 오리지널 마인드라고. 난 잘 모르지만 그쪽에선 꽤 유명한 곳이래."

제인이 말했다.

"오리지널 마인드? 거기라면 전파사라기보다 골동품 숍이지. 고미술품도 다루고. 부자들이 자주 드나드는 곳이야. 나도 재테크 수단으로 그림에 관심이 있어서 한 번 가봤어. 사교계에선 유명해. 아마 미술품 경매 진행자 '조'가 오너일 거야. 거기 직원이 먼저 알았나보군. 세상 참! 낮말은 새가 듣고 밤말은 쥐가 듣는다더니. 어이구. 유명하지 않은 게 다행이다. 이렇게 편히 쌩얼 상태에서 브런치도 먹을 수 있고 말이야."

피나는 고개를 절레절레 저었다. 그리고 잔에 꽂힌 빨대를 물고 콜라를 마셨다.

"에잇. 암튼 내 이상형이었는데 속상해. 내가 남자를 두고 남자를 질투하게 될 줄이야."

피나는 바탕화면에 깔린 나니엘의 사진을 바꾸려다 그냥 두었다.

"세상은 넓고 남자는 많다. 너의 또 다른 이상형이 금방 나타날 거야. 그러니 이제 그만 마음 접고 내가 말하는 대로 가십 오렌지 주식이나 사둬. 비밀이 생중계되는 시대니까. 여전히 소녀 같은 너를 보니 당분간 결혼도 안 하고 살 것 같은데 돈이라도 모아야지. 안 그래?"

현실적인 조언만 하던 피나는 그래도 마지막은 친구를 위해 약간의 환상은 심어주었다.

"시간 나면 오리지널 마인드에 한번 가보든가. 또 알아? 너의 이상형을 거기서 찾을 수 있을지도."

두 달 전 —

커튼을 치자 밝은 빛이 들어왔다. 이미 일어나 있는 두 사람에게 뒤늦은 알람이 울렸다. 화면에 AM 7:00이 떴다. 조는 알람을 해제했다.

"어떻게 생각 좀 해봤어?"

침대 위에 누워 있는 조가 거울 앞에 서 있는 남자에게 말했다. 남자는 아무런 말 없이 자신의 얼굴을 이리저리 돌려면도 상태만 확인했다. 조는 일어나 자신의 물음에 답하지 않는 남자를 뒤에서 살짝 안았다.

"창작의 한계가 왔을 때 실종으로 마무리한 건 아주 극적인 퍼포먼스였어. 아주 짜릿해. 이제 작품 가격도 적당히 올랐으니 경매에 내놓을 때도 되었잖아."

도발적인 조의 음성이 남자의 등을 타고 내려왔다.

"넌 정말 여우야."

남자는 다시 뒤돌아 조를 뜨겁게 안고 침대로 향했다.

"이제 정말로 가야겠다."

남자는 옷을 주섬주섬 입고 가방을 챙겼다. 떠날 채비를 하는 남자를 보는 조에겐 초조함이 느껴졌다.

"안녕."

짧은 인사를 남기고 뒤돌아 걸어 나가던 남자는 문 입구까지 갔다가 무슨 생각이 들었는지 다시 조가 있는 침대로 돌아왔다.

"당신이란 여자는 아주 고단수야. 내가 그냥 떠나도 잡지를 않네. 솔직히 말하면 당신이 원하는 것을 쟁취하기 위해 나에게 이렇게 잘해주지 않을까 하는 의심도 들었는데 말이야."

돌아와 침대에 앉은 남자는 말을 이어갔다.

"섭섭해. 난 당신에게 진심이야. 당신을 아티스트로 존경해."

조는 긴 머리를 매만지며 눈을 아래로 깔았다. 금세 눈물이

한 방울 뚝 떨어졌다. 남자는 조의 눈물을 거두었다. 남자의 굵고 거친 손과 조의 여리여리한 얼굴이 대비를 이루었다.

"믿지 못해 미안해."

둘은 잠깐 아무 말이 없었다.

"내 1호 스피커를 달라고 했지?"

어젯밤과 달리 이 둘의 아침엔 연인과 사업 파트너로서의 관계가 혼재했다. 긴장감이 팽팽하게 흘렀다.

"사실 바로 이 침대 아래에 있어. 당신이 이 방에 들어서기 전에 이미 가져다두었지. 하지만 지금 이 순간까지 망설인 건 사실이야."

조는 여전히 눈을 내리깔았다. 자신의 마음을 읽혀서 이 일을 망칠 수는 없었다. 남자는 결심을 굳힌 듯 침대 아래 트렁크를 꺼내 열었다.

"자, 이제 당신 거야. 당신이 알아서 해. 내 작품에서 마지막 남은 스피커야. 그 많은 스피커들은 전파사 어딘가에서 새로운 주인들에게 갔겠지. 그걸 쓰는 사람들은 알 수 없는 잡음이 잡히는 걸로 생각할 거고. 나에게 상처만 주었던 마지막 작품. 이 속엔 많은 사람들의 이야기가 담겨 있어. 지금도 들리겠지. 난 그 이야기들을 다 존중해. 절대로 나쁘게 이용하려는 마음은 없었어."

남자는 말했다.

"그럼, 그럼. 내가 잘 알지."

조는 이제야 안심이 된 듯 눈을 마주치며 남자를 계속 쓰다듬었다.

"이제 난 정말 다시 떠나야겠다."

남자가 걸어가다 다시 뒤를 돌았다.

"조심할 게 있어. 내가 마지막으로 갖고 있는 이건 스피커인 동시에 소리를 수집하는 기기야. 이걸 켜면 소리 수집 패치를 통해 수집된 다른 사람들의 이야기가 들리기도 하지만 이 스피커가 있는 곳의 소리도 다른 스피커를 통해 들리게 돼. 그렇게 설계한 건 내가 혹시나 다른 사람의 이야기를 나쁘게 이용하지 않도록 나의 이야기도 누군가에게 노출될 수 있다는 걸 잊지 않고 싶어서였어. 그리고 당신이 내 작품을 충분히 이해했다고 생각하니 마음 놓고 줄게."

남자는 방을 나갔다. 조는 침대에서 스피커를 쓰다듬었다. 그리고 남자의 발소리가 멀어지자 어디론가 전화를 걸었다.

"나야. 이번 경매 물품에 하나 추가할 거야. 사라진 작가 욘의 1호 스피커. 그리고 더불어 가십 오렌지 주식을 잔뜩 사 놓아야겠는데? 누가 되든, 우리 경매장에 아무나 오는 건 아니니까."

초대장

분더캄머 대화관이 오랜 준비 끝에 드디어 개관을 앞두고 있습니다. 이것을 가능하게 해준 후원자 C 님께 감사드립니다. 개관일에 방문하셔서 사람과 사람이 직접 만나 온기와 표정을 나누는 대화의 가치를 기억하고 보존하려는 설립 취지를 다시 한 번 기억해주시기 바랍니다. 아래의 링크에 오시는 길이 자세히 안내되어 있으니 참고하시기 바랍니다.

더불어 분더캄머 대화관 운영에 따른 수익률 배당에 대해 알려드립니다. 매년 말 후원해주신 대화의 체험 고객수의 비율에 따라 수익금을 입금하도록 하겠습니다. 그럼 그날 뵙겠습니다.

C는 자신에게 도착한 초대장을 열어 분더캄머의 개관 시간과 찾아가는 길을 재차 확인했다. 지금은 이 세상에 없는 친구와 40대에 나눈 대화를 다시 체험해볼 수 있다는 생각을 하니 만감이 교차했다. 살날이 얼마 남지 않은 지금을 생각하면 40대도 참 어린 나이였다는 생각이 들었다. 요양보호사의 도움으로 하는 모처럼 만의 외출이었다. 분더캄머 대화관 앞은 인산인해였다.

"야! 얼굴을 보고 대화를 나눴다니 이해가 가냐?"

"아니! 그래서 궁금해서 왔잖아!"

"틀리면 어떡하려고? 말은 한 번 내뱉으면 끝이잖아. 과거에 보면 인기가 하늘을 찔렀다가 라이브 톡만 하면 문제가 생겨서 한 번에 훅 가는 VJ가 한두 명이 아니었지."

"그러게. 문자 메시지는 마지막으로 전송하기 전에 맘에 안 들면 수정할 수 있지만, 얼굴을 직접 보고 말하면 실수해도 주워 담을 수 없으니…"

"어려울 것 같긴 한데 체험 한번 해보지 뭐."

서로를 앞에 두고도 문자를 주고받는 젊은이들을 보며 C는 격세지감을 느꼈다.

'얼굴을 보며 대화를 나누는 것이 특별한 일이 되어버렸다니.'

과거 어느 날 우연히 미래에 일어날 수도 있는 가능성에

투자한 후, 그 가능성이 현실이 된 장소에 다다르자 C의 기억은 과거로 돌아갔다.

⌗

C의 마흔다섯 번째 생일, 특별할 것 없는 아침식사를 하고 출근을 해서 사무실 책상에 앉아 컴퓨터를 켜고 일할 준비를 했다.

"자, 보자! 오늘은 어떤 글씨체로 할까?"

옷장에서 옷을 고르는 설렘을 담아 C는 메신저에서 지원되는 모든 글꼴을 훑어봤다.

"오늘은 제 부탁을 제일 먼저 처리해주세요, 라고 전하듯 진한 휴먼둥근헤드라인!?"

"아냐 아냐. 뭔가 과해. 출력하면 잉크만 많이 먹지 뭐."

고개를 젓는다.

"오늘은 중세풍으로 화려하게 해볼까? 플렉스! 양재샤넬체."

고개를 더 세차게 젓는다.

"아냐 아냐. 뭔가 읽었을 때 정갈한 맛이 있어야지."

결국 늘 하던 대로 맑은 고딕체로 세팅했다. C의 고개가 안정모드를 찾았다.

"그래, 일할 땐 이게 제일 정갈하면서도 차갑지 않게 보여.

나한텐."

아무도 신경 쓰지 않는 메신저 글자체에 잔뜩 메이크업을
하고 나서 업무를 시작했다.

'띵동.'

오늘도 C에게 온 첫 번째 메시지는 입사동기 D였다.

"들었냐?"

메시지는 궁서체였다.

"무슨 일로 정색?"

C는 궁서체의 메시지에 대한 답을 보냈다.

"승진자 명단 뜸."

D의 메시지가 도착했다.

회사의 뉴스가 늘 마지막으로 도착하는 C를 챙겨주는 건
동기 D뿐이었다. C는 그런 D에게 항상 감사한 마음을 갖고
있다. C같이 다른 사람과의 관계가 늘 어색하고 힘든 사람
옆에 D와 같은 동기의 존재는 무척 감사하다.

"레알?"

메시지를 보냈다. 보내고 보니 맑은 고딕체는 C의 놀라움
을 잘 담아내지 못했다.

"자판기 앞으로!"

D의 메시지에 담긴 고요 속의 외침은 C를 자리에서 일어
나 자판기로 향하게 했다. 아침부터 출근해서 노닥거리냐는

주변의 시선이 의식되어 C는 시계를 보았으나 근무 시작까지는 자그마치 10분이나 남아 있어 주저하지 않고 자판기로 향했다. 먼저 도착한 D가 한 손엔 커피를 들고 다른 한 손엔 뭔가를 돌려보고 있었다.

"그게 뭐야?"

"글쎄. 누구 열쇠고리인가 본데? WUNDERKAMMER라고 쓰여 있어."

"분더캄머? 놀라운 것들의 방?"

"그게 그런 뜻이야?"

D는 C에게 열쇠고리를 건넸다. C는 열쇠고리를 앞뒤로 훑어봤다. 루빈의 술잔과 얼굴이 그려져 있었다.

"이렇게 보면 술잔이고, 어떻게 보면 두 사람이 마주보고 있네. 누가 커피 마시러 왔다가 두고 갔나봐. 그냥 둬. 다시 찾으러 오겠지."

C는 D에게 다시 열쇠고리를 주었다. D가 주운 물건보다 관심 있는 건 D의 메시지였다.

"그나저나 승진자 명단이라는 건 뭐야?"

C가 물었다.

"E가 이번에 또 승진했대."

D는 계속 열쇠고리를 돌려보며 말했다.

"도대체 비밀이 뭘까? 좋은 대학을 나온 것도 아닌데."

C는 E의 승승장구 비밀이 궁금했다.

"왜 그래? 아마추어같이."

그것도 모르냐는 듯한 눈빛으로 D는 C를 바라봤다. 그리고 물었다.

"넌 직장생활이 왜 힘들어?"

D가 물었다.

"사람 때문에 힘들지."

C는 고민 없이 바로 대답했다.

"그렇다면 그 이유겠지. 저분은 골칫덩어리들하고 대화가 되는 유일한 사람이니까."

D가 말했다.

그 이상의 말이 궁금한 C는 D를 바라보았다. D는 계속해서 말을 이어갔다.

"혼자 잘난 또라이 Z가 자기만 옳다고 우리 전부를 물 먹였을 때 기억나? 사태를 수습하려고 나를 포함해서 몇 명이 말하러 갔다가 더 큰 소리만 났었잖아. 다들 또라이 한 명이 말도 안 되는 억지를 부려 프로젝트 하나 날린다고 생각했을 때, E가 잠재웠지. 언제 그런 소동이 있었냐는 듯이 말이야. E가 Z를 만날 때 우린 역시나 큰 싸움이 나지는 않을까 회의실 밖에서 귀를 세우고 들었지만 큰 소리 한 번 나지 않았어. 뭐라 뭐라 조곤조곤한 말투로 Z를 설득했지. 도대체 E가 Z

에게 뭐라고 했는지는 아직도 미스터리지만."

D가 말하는 중 C가 끼어들었다.

"조용히 때린 게 아닐까? 알고 봤더니 무술 유단자였던 거지."

C가 눈동자를 옆으로 몰며 익살스러운 표정으로 D를 바라봤다.

"아침부터 안 웃겨서 화나려고 하네."

D는 정색으로 능청스럽게 받아쳤다. 둘은 자신들의 만담이 유치하다는 듯 서로를 보며 웃었다.

"암튼. 큰 소리 한 번 안 나고 Z가 자기 고집을 내렸거든. 그뿐 아니야. 말이 안 통하는 사람은 누구나 E와 대화를 하면 모든 게 해결되잖아. 대화력이 만렙이야. 그렇게 성공한 프로젝트로 회사매출이 얼마나 올랐어? 중국시장도 확장시켰고. 그게 전적으로 윗선에 먹힌 거지. 분명해. 어려운 협상은 늘 E의 몫이 되니까."

D가 말했다.

"놀라운 건 말이야. 나라면 그 어려운 걸 해낸 공명심에 떠벌리고 다닐 텐데 E는 한 마디를 안 하잖아. 그저 모든 공을 자신과 협상 대상이었던 골칫거리들에게 돌리고 말이야. 말을 해야 할 때와 하지 말아야 할 때의 균형을 정확히 아는 사람이야. 암튼 대단해."

D는 E의 승승장구는 당연하다는 입장이었다.

"그렇군. 아! 나도 그 대화력의 비밀을 좀 알면 승승장구할
수 있지 않으려나."

C가 말했다.

"그런가?"

D는 이제 근무시간이 곧 시작이라 사무실로 돌아가야 하
기에 주운 열쇠고리를 다시 있던 자리에 두었다. 얼마 남지
않은 커피를 마저 마시는 C를 기다리던 D가 갑자기 눈짓을
보냈다. C의 뒤에서 인기척이 느껴졌다.

"어! 축하드려요."

D가 말했다. C도 고개를 돌려봤다. E였다.

"감사합니다. 덕분입니다."

E는 정중하게 둘에게 인사를 하고 자판기 주변을 두리번
거렸다.

"혹시 이거 찾으세요?"

D가 잽싸게 열쇠고리를 집어 들고 말했다.

"아! 네! 거기 있었군요. 감사합니다."

E가 D에게 정중하게 인사를 했다.

"별말씀을요."

D가 말했다.

"그럼 이야기 더 나누세요."

E는 깔끔한 인사를 남기고 떠났다. E가 자리를 뜨자 C와 D는 놀란 가슴을 쓸어내렸다.

"뭐야, 열쇠고리 주인이 E였어?"

"그러게. 우리 대화를 들었을까?"

"글쎄. 들어도 뭐. 우리가 욕을 한 건 아니잖아."

"그렇지. 그렇지. 그냥 부러워서 말한 거지. 그래도 없는 자리에서 누가 내 말 하고 있으면 기분이 유쾌하진 않지."

C와 D는 다 마신 커피 잔만 들여다보며 혹시 자신들이 실수를 하지는 않았는지 돌아봤다.

다른 사람 말을 하다가 걸린 멋쩍은 두 사람의 대화가 끝나갈 즈음 옳은 말을 얄밉게 해서 회사 사람들에게 호감을 얻지 못한 F의 목소리가 들렸다.

"승진의 특별한 비법을 찾으려 하지 말고 일찍 온 시간만큼 일을 하시지?"

D는 복화술로 C에게 말했다.

"대화력 마이너스 만렙 왔다. 튀어. 안 그럼 피곤해져."

C와 D는 어느 순간 그 자리에서 사라졌다.

#

늘 그렇듯 등 떠밀리는 일의 속도에 일주일을 정신없이 보낸 C는 모처럼 주말 나들이를 나왔다. 요즘 젊은이들에게 가장 핫하다는 곳에서 친구를 만났다.

"와. 여기 왜 이렇게 사람이 많아? 주말이라 그래?"

C는 휘둥그레진 눈으로 말했다. 주말엔 늘 시체처럼 거실에서 TV 리모컨만 쥐고 뒹굴던 자신의 모습이 떠올랐다.

"이곳이 요즘 사람들에게 가장 핫한 거리래. 요즘 사람들의 취향이 다 모여 있다더군. 혹시 사업 아이템을 좀 얻어볼 수 있을까 해서 이곳으로 정했지."

친구가 말했다. 고등학교 때부터 동고동락하던 친구다. 그는 회사동기 D와는 또 다른 결의 소유자다.

"혹시나 회사를 때려치우고 나와서 내 장사 할 때를 대비하려면 부단히 변화하는 세상의 흐름을 알아둬야 하지 않겠어?"

농담인 듯 진담인 듯 친구가 말했다.

"어때, 쇼파와 한 몸이 되는 주말에 이렇게 정신없이 복잡한 곳에 온 기분이?"

친구가 물었다.

"사람들이 바글거려서 처음엔 싫었는데 생동감이 느껴져서 괜히 내가 젊어진 기분도 드네."

C가 약간 들뜬 상태로 말했다.

"우리도 아직 젊어."

친구가 말했다.

"픕. 그래, 젊다."

C는 여유 있게 나온 중년의 배를 두드리며 말했다.

"일단 회사랑 멀리 떨어져 있는 것만으로도 힐링이 된다."

C가 말했다.

"왜 힘드냐? 늘 성실한 네가 그렇게 말하니 어색하네."

친구와 이런저런 농담 섞인 말을 하며 걷던 중 저 멀리 C에게 낯익은 뒷모습이 눈에 띄었다. C는 인파를 헤치고 가는 그 사람을 눈빛으로 붙잡아둘 기세였다.

"이런, 여기도 안전지대는 아니군."

C가 말했다.

"왜?"

C가 바라보는 곳을 따라 보며 친구가 말했다.

"저기 회사 사람 같아. 내가 이렇게 못났다. 밖에서 회사 사람 만나는 게 그냥 싫어."

C는 자신이 못나 보였다.

"나도 그래."

친구는 C의 어깨를 지그시 잡더니 맥주를 마실 수 있는 펍으로 안내했다. 역시 인기가 많은 곳이라 사람들이 바글바글했다. 겨우 한 테이블이 비어 앉을 수 있었다. 주문을 한 맥주는 바로 서빙이 되었다. 둘은 가볍게 잔을 부딪쳤다.

맥주를 한 모금 마시고 친구가 미소를 지으며 물었다.

"의외인데?"

"뭐가?"

"넌 회사생활 잘하는 줄 알았거든."

"응. 잘하고 있어."

친구의 눈빛에는 좀 전에 그 상황은 뭐였냐는 질문이 담겨 있었다.

"아냐. 그런 눈으로 보지 마. 일은 재밌어. 우리가 납품한 조명이 은은하게 밤길을 비추는 걸 보면 지구에 별을 하나씩 켜는 것 같아 기분이 좋아."

C는 친구의 염려와 달리 자신의 일에 여전히 자부심을 갖고 있었다.

"그런데?"

친구가 물었다.

"그런데 갈수록 사람들과 부딪히는 건 힘들더라고."

C는 계속해서 말했다.

"신입사원 때는 시키는 일만 잘하면 됐지만 나이가 드니 회사에서도 역할이 좀 더 많이 주어지고… 하나의 일을 추진하려면 다른 사람들을 직접 만나 설득하고 또 갈등도 중재해야 하는데 내가 어디서 그런 걸 배운 적이 있었어야지."

C는 맥주잔의 표면에 맺힌 물방울들을 손가락으로 지웠다.

"누군 배우나?"

친구가 맥주 한 잔을 마신 후 말했다.

"그러게. 차라리 학교에서 국영수 말고 그런 거나 가르쳐
줬으면 더 쓸모 있을 텐데 말이지."

C는 맥주를 한 모금 마셨다.

"이렇게 저렇게 간 쓸개 다 내주면서 일을 진행하긴 하는
데… 하고 나면 아주 에너지가 바닥나는 기분이야. 나이가
드니 체력도 떨어지면서 더 힘들어. 이렇게까지 비굴하게 살
아야 하냐는 마음도 들고. 젊은 시절의 패기가 다 어디로 패
대기쳐졌나, 그런 생각도 들고."

"다 그렇지. 먹고살자고 하는데."

C와 친구의 대화는 점점 깊어졌다.

"부딪히기 싫어서 메시지로 보통 대화를 나누는데, 그러다
보면 바로 옆에 있는 사람한테도 메시지를 쓰고 있더라고,
내가."

"하하하. 나도 그럴 때 많아. 점점 집에서도 그렇게 되더라
고. 방에서 아내한테 물 좀 갖다 달라고 문자를 보냈다가 냉
전 상태가 일주일은 갔어."

친구는 C의 넋두리에 자신의 사연을 보태는 위로를 건넸다.

"야! 그건 네가 잘못했네."

C가 말했다.

"왜! 왜! 왜! 아들 녀석 공부한다고 조용히 하라고 해서 TV
도 제대로 못 보는 것도 서러운데. 그래서 내가 말 대신 문자
를 보낸 건데 그건 왜 안 된다는 거야?"

줄곧 여유 있게 C를 대하던 친구는 이 부분에 대해서는 발
끈했다.

"어이 친구. 진정해. 이유가 없지. 원래 집에서는 논리가
아니라 아내의 말이 법이잖아. 가족 이겨서 뭐하겠다고."

어느새 위로를 하고 받는 두 사람의 역할이 바뀌었다. 그
렇게 위로의 역할조차도 교과서대로 되지 않는 게 인생임을
너무도 잘 아는 두 사람은 이런저런 힘든 상황을 우정의 건
배로 떨쳐버렸다.

"그래서 아까 그 사람은 누구야?"

C의 친구가 물었다.

"응, 잘 나가는 우리 젊은 상사."

C가 마른안주를 먹으며 말했다.

"그래?"

"자네도 알 거야. 육아휴직해서 성공한 케이스. 언론에도
몇 번 나왔었는데."

"누구?"

친구는 도무지 감이 오지 않는다는 눈치였다.

"육아휴직 중에 자기 아이 성장하는 콘텐츠 올려서 대박

난 크리에이터 있잖아."

"크리에이터? 아! 아! 그 돈 쉽게 버는 사람들?"

친구의 큰 목소리에 주변 젊은이들의 시선이 C의 테이블로 향했다.

"야! 조용히 말해. 누가 들을라. 그리고 그 사람들 그렇게 쉽게 돈 벌지 않아."

친구의 발언에 당황한 C가 말했다.

"왜! 내 발언이 너무 쎄냐?"

친구가 주변 시선을 눈치챈 듯 목소리를 낮추어 말했다.

"솔직히 난 잘 모르겠어. 그냥 그렇게 요란하게 애들을 키워야 하는 건가 싶어. 무엇보다 그걸 재밌다고 보는 사람들은 더더욱 이해가 안 돼. 그걸로 돈을 번다는 건 더더욱 이해가 안 되고. 내가 어려서부터 배워온, 직업을 갖는 방법이나 노력으로는 전혀 상상이 안 돼."

"우리가 이해 안 된다고 남이 하는 일을 가볍게 볼 수는 없지."

C가 말했다.

"그래. 그래. 나도 너니까 이런 말 하는 거지. 뭐 솔직하게 내 생각이나 말할 수 있냐? 잘못 말했다간 꼰대로 몰려 어떤 말도 공격받게 되는데 자체 검열해야지."

갑자기 소심해진 친구를 보니 C는 정색했던 게 미안해졌다.

"나도 솔직히 한동안은 그 사람이 재수 없었거든? 콘텐츠로 벌어들이는 수익이 엄청나다고 들었는데 회사는 그냥 장식으로 다니는 것 같아서. 난 여기밖에 없는데 말이지. 나에겐 절실한 곳에서 허세를 부리는 그런 느낌? 그런데 오래 곁에서 지켜보니 능력은 있더라고. 요즘 취향을 잘 알아. 입사 초기에는 콘텐츠 기획능력이 뛰어나다더니 경력이 늘어날수록 사람들 관리하는 능력도 돋보이고. 회사도 그 사람으로 인해 홍보가 되니까 SNS 활동을 아주 적극적으로 권장하고 있어."

C는 부럽다는 듯이 말했다

"'난 사람'이군. 세상의 흐름을 보는 눈이 있다는 거잖아. 돈의 흐름을 보려고 요즘 취향을 살필 생각에 여길 왔지만 난 솔직히 말해 정신없어."

친구도 말을 거들었다.

"부러울 게 없겠어. 돈도 빵빵하겠다. 자기 일도 인정받겠다."

친구는 맥주를 한 잔 더 시켰다.

"그러게 아주 부러워 죽겠어. 얼마나 행복할까?"

C가 말했다.

"친하게 지내. 그런 능력을 타고나지 않았으면 그런 사람이랑 함께하는 것도 방법이야. 괜히 자존심 세우고 그러지 말고. 그 사람이 뭘 하는지 잘 보고 따라 해. 나한테도 알려주고."

친구는 세상에서 둥글고 지혜롭게 사는 법을 새삼 일깨워 줬다. C와 친구는 그동안 힘들었던 일을 서로 털어놓으며 대화를 적셨다.

"너랑 만나면 좋아. 특별히 인생의 어떤 해답을 얻어서가 아니라 '나만 힘든 건 아니라는 동지애'를 느껴서 다시 한 번 월요일에 출근할 수 있는 힘을 얻게 되거든. 하루하루 일상을 치열하게 견디는 게 능력 아니겠어?"

"극찬이군. 나의 찌질함이 너에게 힘이 된다니 앞으로도 계속 찌질하게 살아야 할 명분을 얻었다. 친구!"

C는 맥주 몇 잔에 혀가 꼬이는 친구를 바라봤다. 그리고 때가 되었다는 듯 저장해둔 택시기사에게 연락을 했다.

"갈 때가 된 것 같다. 너무 늦으면 집에 완전히 못 들어갈 수 있으니 이쯤 하자. 내일 또 월요일 출근도 해야 하고."

계산을 하고 가게 앞에서 잠깐 머무르자 택시가 도착했다. C는 친구를 택시에 태웠다. 떠나는 택시를 보며 미소를 지었다.

"고맙다 친구. 덕분에 모처럼 만에 주말다운 주말을 보냈네."

C는 업무용 메신저, 핸드폰 문자와 같은 텍스트로 사람들을 만나는 동안 경직되었던 심장이 친구의 얼굴을 마주하고

편하게 이야기를 나누면서 말랑말랑해졌다. 기계가 아무리 좋아도 뭉친 근육을 풀어주는 데는 사람의 손을 따라갈 수 없는 것처럼 사람의 마음을 풀 수 있는 최고의 방법은 좋아하는 사람과 만나 이런저런 대화를 편하게 나누는 것이었다.

#

C는 집으로 가기 위해 지하철역 방향으로 걸었다. 골목을 통과하는 지름길로 들어섰다. 아뿔싸! 골목 안은 사람들이 많았다. 줄을 서서 천천히 걸어야만 했다. 늘 주변은 보지 않고 목표 장소까지 빠르게만 걷는 습관을 가진 C에겐 답답한 속도였다. 더구나 앞에서 걸어가는 젊은 친구들은 예쁜 가게 앞에선 영락없이 멈춰 서서 사진을 찍으니 속도는 더 느려졌다. 반대편에서 무리 지어 오는 사람들도 있다 보니 추월하기도 적당치 않아 어쩔 수 없이 흐름을 따라가야 했다. 마음을 내려놓고 천천히 걷게 되자 옆에 늘어선 가게를 찬찬히 들여다볼 수 있었다. 인테리어가 독특한 카페와 식당, 액세서리, 가죽 등 각자의 매력을 발산하는 공방, 그 복잡한 곳에서 책을 파는 1인 책방, 어른이를 위한 추억의 장난감가게, 예술가들의 작품을 파는 아트숍 등 C가 젊었을 때는 상상하지도 못했던, 젊은이들의 용기와 패기로 열린 공간이 많았

다. 반면 반짝 아이디어로 시작은 했으나 지속적으로 운영이 될 수 있을지 걱정이 앞서는 공간도 보였다. 그렇게 스쳐 지나며 주변을 보다가 한 작은 가게에 시선이 멈췄다. 거기엔 '루빈의 술잔과 얼굴'이 그려진 작은 간판이 있었다.

'저 그림 자주 보네. 최근에 어디서 봤더라.'

C가 기억을 떠올리려 멈추자 그 뒤에 오던 사람이 C의 신발 뒤를 밟았다. 서로 미안하다는 말을 주고받았다. C는 일단 골목의 인파에서 벗어나 가게 안으로 불쑥 들어섰다. 골목은 사람들로 미어터지는데 유리문 하나 차이로 건물 안은 세상 고요했다. 가게 안엔 아무도 없었다. 정확히 말하면 가게가 아니라 그 건물의 작은 로비였다. '루빈의 술잔과 얼굴' 아래 WUNDERKAMMER라고 쓰인 그림이 벽에 붙어 있었다.

'최근에 어디서 분명히 봤는데.'

예전 같지 않은 기억력을 한탄하며 촘촘하게 기억을 짚고 올라가다 마침내 알아낸 듯 외쳤다.

'맞다. E의 열쇠고리!'

C는 열쇠고리에 그려진 그림과 아까 본 E가 겹치면서 혹시 E가 여길 다녀갔을 수도 있겠다는 합리적 추측이 들었다. 'E가 뭘 하는지 잘 보고 따라 해'라는 친구의 조언도 같이.

'도대체 여기는 뭐 하는 곳이지?'

C는 두리번거렸다. C가 열고 들어온 유리문에서 몇 걸음

가지 않아 바로 엘리베이터가 있었다. 아마도 이 건물이 무엇을 하는 곳인지는 올라가봐야 알 수 있을 것 같았다.

'사무실 빌딩인가? 그래서 주말에 사람이 없나?'

C는 나름의 추측을 하며 로비를 이리저리 살펴봤다. 잘못한 것도 없는데 괜히 CCTV가 부담스럽게 느껴졌다. 엘리베이터를 눌러볼까 말까 잠시 망설이는 중 뒤쪽에서 소리가 들렸다.

"안녕하세요. 성함이?"

말끔한 모습의 청년이 볼펜을 들고 리스트를 보며 물었다.

"네?"

C는 처음 보는 사람이 다짜고짜 자신의 이름을 묻는 이 상황이 당황스러웠다.

"오늘 대화 촬영 예약한 분이 아니신가요?"

젊은이는 다시 한 번 정중하게 물었다.

"아… 예약이요? 그게… 저…"

머뭇거리는 C를 보고 젊은이가 말했다.

"주변처럼 가게인 줄 알고 들어오셨군요. 다들 그러세요. 들어오셨다가 볼 게 없어서 어리둥절하시며 나가시죠."

젊은이는 미소를 담아 말했다. C는 자신을 배려하는 젊은이에게 호감이 갔다.

"여기는 뭐 하는 곳이죠?"

C가 물었다.

"미래에 설계될 박물관을 준비하는 곳이에요."

젊은이는 자신감에 찬 목소리로 말했다.

"미래에? 박물관?"

C는 알 듯 말 듯 고개를 갸웃거렸다.

"그럼 건물 분양 전시관 같은 건가요?"

C가 다시 물었다.

"박물관에 들어갈 자료를 수집하는 곳이에요. 자료를 제공해주시는 분들이 예약을 하고 방문하고 계세요."

젊은이는 C의 이름을 찾으려고 했던 리스트를 가리켰다. C는 이런 분야가 처음이라 젊은이의 말이 여전히 잘 이해되지 않았다. 그 표정을 읽었는지 젊은이가 말했다.

"관심이 있으시면 좀 더 자세히 들어보시겠어요?"

C는 언제부터 누군가의 적극적인 호의가 자신을 호구로 보고 이용하려는 것은 아닌지 의심하는 버릇이 생겼다. 젊은이의 적극적인 친절에 오히려 C의 호기심이 주춤했다.

'말은 저렇게 하고 결국 상가건물 분양하는 거 아니야? 내배가 나를 조금 부티나 보이게 하는 건 있지. 설마 다단계 판매인가? 정신을 똑바로 차리자.'

C는 겉으로 평온한 척했지만 머릿속에선 이런저런 생각이 왔다 갔다 했다. 반면 긍정적인 생각도 들었다.

'뭐 밑져야 본전이지. 정보도 얻을 겸. 또 알아? 예상치 못한 투자처를 찾을지.'

방금 만난 친구도 떠올랐다. 좋은 정보를 얻으면 친구를 이 장소에서 만난 것이 인생의 복선이 될 수도 있었다. C는 이러저러한 생각으로 흔들리는 동공을 들키지 않으려 로비를 보는 척하며 다음 말을 뱉었다.

"어디 들어볼까요?"

젊은이는 정중하게 목례를 하고 엘리베이터를 눌렀다. 나는 그렇게 쉬운 사람이 아니라는 표정으로 C는 젊은이와 함께 엘리베이터를 탔다.

엘리베이터가 열리자 가장 먼저 눈에 띈 건 거대한 장식장이었다. 빛이 들어왔다 어두워졌다를 불규칙하게 반복했다. 잔잔한 음악이 배경으로 흘러 마치 리듬을 타는 것 같았다. C의 시선이 머무르자 젊은이가 말했다.

"핸드폰타워예요."

그러고 보니 장식장 안에 놓인 손바닥만 한 모니터들은 핸드폰이었다.

"진짜네?"

C는 장식장에 가서 핸드폰들을 봤다. 정말 몇 초도 안 되는 간격으로 핸드폰이 빛을 내뿜으며 사람들의 주의를 끌었다.

"자료 수집에 방해가 되는 건 일단 제출하셔야 돼요. 물론 보안은 철저합니다."

젊은이는 미소를 머금은 채 C를 복도로 안내했다.

'자료 수집할 땐 사진 촬영이나 녹음을 위해 핸드폰이 있어야 하는 게 아닌가?'

C는 경계를 놓지 않고 젊은이를 따라갔다. 유리벽으로 이루어진 여러 개의 방이 보였다. 비어 있는 방은 없었다. 방에 있는 사람들은 하나같이 대화에 열중하고 있었다. 밖으로 소리가 들리지는 않아서 무슨 내용인지는 알 수 없었다. 어떤 방에는 나이 지긋한 분들이 계시고 어떤 방에는 C와 비슷한 연령의 사람들이 심각하게 이야기를 주고받고 있었다. 어떤 방엔 마치 십대 아들과 아버지처럼 보이는 두 사람이 서먹하게 앉아 있었다. 자료를 수집하는 곳이라면 방문객이 물건을 가져오고 접수를 받는 곳이라 막연히 생각했던 C는 예상과 다른 모습에 의아했다.

'설마 사이비 종교 전도?'

C는 자신이 생각했던 것보다 더 위험한 곳은 아닌지 긴장이 되었다. 젊은 시절에 거리를 다니다가 자신들의 종교를 믿으라는 사람들을 남들보다 자주 만나는 편이었다. C는 나이가 들어 이제 그런 일을 겪지 않았는데 오늘은 제 발로 그런 곳에 찾아 들어온 것 같았다.

'친절할 때부터 알아봤어야 했는데.'

나이가 헛들었음을 책망했다. 아까 그냥 그 길로 걸어갔으면 지금쯤 집으로 갈 지하철을 탔을 텐데, 만 가지 생각이 들었다. 하지만 마음속 부대낌을 들킬까 표정은 애써 덤덤한 척했다.

"저희는 사람들의 대화를 수집하고 있습니다."

청년이 재미있는 말을 했다.

'엥? 대화를 수집한다고?'

C는 이해가 되지 않았다.

'신종 접근 수단인가?'

C는 긴장을 늦추지 않았다.

"대화를 수집하는 데 가장 방해가 되는 건 핸드폰이죠. 사람들은 핸드폰이 있으면 바로 앞에 앉은 사람에게 집중하지 않아요. 그래서 저렇게 보관하고 있습니다."

젊은이는 계속해서 말을 이어갔다.

"저희는 조만간 사람과 사람이 얼굴을 마주하며 나누는 대화가 사라질 것이라 예측하고 있습니다."

겉은 번듯하지만 정신이 건강하지 않은 사람이 많은 세상이기에 C는 젊은이의 상태를 다시 한 번 살펴봤다. 그런 표정을 여러 번 봤다는 표정의 젊은이는 여유롭게 그저 자신의 말을 이어갔다.

"지금 저를 이상하게 생각하실지 모르지만 최근의 휴대폰

이용 통계를 보면 사람들은 실제로 통화보다는 문자 및 메신저를 훨씬 더 많이 사용하고 있어요. 이런 추세라면 모든 소통은 텍스트로 주고받는 형태로 갈 것입니다."

C는 저절로 고개를 끄덕였다. 젊은이가 말한 사례가 곧 자신의 경험이었기 때문이다. 돌이켜보면 최근엔 회사에서 업무로 전화를 하는 것 외엔 통화버튼을 눌러본 적이 없었다. 통화버튼을 누르다가 멈추고 문자 메시지로 보낸 경우도 허다했다. 또 회사에서 몇 번 큰소리를 냈던 상황을 보면 전화 통화를 한다거나 직접 사람과 만나서 해야 할 일을 모두 이메일이나 문자로 진행하는 젊은 사원들이 이해가 되지 않아서였다. 정작 나도 사람을 직접 만나지 않고 일을 처리하면서 남들의 일처리 방식을 받아들이지 못했던 것이다.

'나를 꼰대라고 생각했겠군.'

C는 젊은이에 대한 경계심이 서서히 사라지고 말에 점점 더 깊게 빠져들었다.

"저희는 언젠가는 사라질, 사람과 사람의 대화를 수집하여 VR기술과 접목한 미래의 박물관을 준비하고 있습니다. 이분들은 그 박물관에 기증할 대화를 후원해주시는 분들이고, 훗날 이분들의 대화를 체험하는 방문객의 수에 따라 수익금을 지급받게 됩니다."

"그게 언제인데요? 대화는 어떤 것이든 다 되는 겁니까?"

C가 물었다.

"개관은 아직 정해지지 않았습니다. 짧게는 5년, 길게는 10년 후로 예상하고 있습니다. 필요한 대화를 구축하려면 그 정도 시간이 걸립니다. 대화는 어떤 상황이든 모두 수집한 후 저희가 목록화하여 제공할 예정입니다. 연령별, 상황별, 대상별에 따라 분류하고 있습니다. 점점 대화가 사라지면서 아마도 사람들은 얼굴을 보고 의사소통하는 것을 어려워하게 될 거예요. 그것을 직접 체험할 수 있는 공간형태로 꾸미는 체험형 박물관을 건립하려고 구상 중인데 사람과 사람이 만나서 온기를 나누는 대화가 사라져서는 안 된다는 설립자의 생각을 구현하기 위해 아직은 여러 가능성을 열어두고 있습니다. 다만 저희가 정한, 공개하기 곤란한 주제영역의 대화를 제공해주신 분들께는 더 많은 수익금이 배당됩니다."

젊은이는 활짝 미소를 보였다. 그때 저쪽 유리방의 문이 열렸다. 열띤 대화에 감정이 고조된 두 사람은 얼굴이 벌게 진 채 나왔다. 그들을 안내하는 곳에서 열쇠고리를 대니 두 사람의 핸드폰이 들어 있는 유리관만 열렸다. 그들은 핸드폰을 찾아갔다. 그러고 보니 그들도 E가 들고 있었던 것과 비슷한 열쇠고리를 갖고 있었다.

"혹시 대화를 후원하실 의향이 있으신가요?"

젊은이는 C를 바라봤다. C는 특별히 경제적인 투자를 하는 부류는 아니었지만 선뜻 후원을 결정하기도 어려웠다. 앞으로 어떤 예상하지 못할 일이 나타날지 몰랐기에. C는 아무 말이 없었다.

#

기억에서 빠져나온 C는 분더캄머로 들어섰다. 모처럼 만의 외출을 하다 보니 다리가 후들거려 일단 앉을 곳을 찾았다. 여기저기 체험관을 분주하게 다니던 아이들도 C의 옆에 앉았다. 그들은 체험관 맵을 보며 메시지를 주고받았다.

"뭐뭐 해봤어?"

"응, 옛날 학교 교실상황을 체험해봤어."

"레벨은 좀 올랐어?"

"아니. 다 적절한 시간 안에 답을 하지 못해서 타임오버로 끝났어. 상대방의 말의 내용과 표정이 다를 때 뭐라고 대답을 해야 하는지가 어렵더라. 자주 와서 레벨을 더 올려야겠어."

"데이터베이스가 대단하던데? 연령별, 상황별, 대상별로 단계를 나누어 체험할 수 있어. 거기에 나오는 모든 상황이 실제 있었던 대화라잖아."

"VR 효과가 완벽해서 직접 사람이 앞에 있는 것 같았어. 여기 있는 대화를 다 체험하려면 시간이 엄청 걸리겠어. 한

번 와서는 안 되겠어."

"오히려 우리 할아버지가 나보다 더 쉽게 레벨이 오르실 것 같아. 할아버지는 얼굴을 보고 대화하던 시절의 경험이 있으시니까."

"옛날 사람들은 어떻게 그렇게 바로바로 대답을 할 수 있었을까?"

"대화 학원이 따로 있었나?"

"그렇게 어려운 거니 지금은 거의 사라진 거겠지."

"난 옛날에 태어났으면 차라리 말을 안 하는 편을 택했을 것 같아. 상대방이 묻는 질문에 적당한 말이 생각나지 않을 땐 너무 바보 같았거든. 문자는 조금 시간차가 있잖아. 답을 생각하면서 쓰는 동안 저쪽에서 기다려주고. 자기 할 일을 하다가 문자가 다시 오면 답을 하면 되니까. 그런데 대면 대화는 그 자리에서 상대방이 계속 나를 보고 있으니까 빨리 말해야 한다는 압박감이 생기더라고."

"문자를 할 때는 보내기 전에 고칠 수도 있는데 대화는 라이브잖아. 내가 의도한 것이 전달되지 않았을 때도 있었어."

"그래도 한번 연습해봤으니 다음엔 레벨을 올리는 게 좀 수월하지 않을까? 다음엔 어디 가볼 거야?"

"응, 나는 옛날 아이들은 친구와 갈등이 있는 상황에서 어떻게 대처했는지 궁금해. 학교폭력 상황을 도전해볼 거야."

아이들은 잠깐 쉬는 동안에도 엄청난 양의 문자 메시지를 빠르게 주고받은 후 다시 우르르 이동했다.

C는 이 대화수집관을 가능하게 한 설립자가 궁금했다. 그건 이 대화관을 후원한 사람들에게조차 알려주지 않은 정보였다. 줄이 길게 늘어선 체험관과 달리 이 분더캄머의 설립 취지를 다룬 역사관은 조용했다. C는 설립자의 생각을 소개한 방에 들어섰다. 어두운 방엔 하나의 영상이 반복하며 흐르고 있었다. 영상 속엔 그에게 처음으로 이 분더캄머에 대해 설명해주던 젊은이가 누군가와 대화를 나누는 장면이 나오고 있었다. 핸드헬드 기법으로 촬영되어 다큐멘터리를 보는 듯했다.

"저 유리방 안에 있는 아이는 무척 신나 보여요. 누군가에게 말하는 연습을 하나봐요?"

"신나 보여요? 사실은 처절히 외로운 아이예요."

"저렇게 밝고 즐겁게 뭔가를 계속 말하는데요?"

"거울 속의 자신에 갇혔어요. 정확히 말하면 직접 보지 않은 타인들의 '좋아요' 반응에 갇혔지요."

"무슨 말이에요?"

"저 아이는 너무 어릴 적부터 개인 채널을 운영하면서 사람들을 직접 만나 소통한 적이 없어요. 모두 모니터를 보며 만났죠. 다른 사람의 좋아요 반응으로 자신의 존재감을 인정받으려 하니, 타인의 평가에 따라 자신의 가치를 결정짓는 사고가 형성되었고요. 그러다 보니 혼자 설 수 있는 힘이 절대적으로 약해졌죠."

"무슨 말인지 잘 이해가 안 되는데요?"

"부모가 육아 콘텐츠를 만드는 크리에이터라 저 친구는 어릴 적부터 성장과정이 중계가 되었어요."

"그렇군요. 전 그런 채널에 관심이 없다 보니 본 적은 없어요."

"그렇죠, 채널이 몇 갠데요. 그걸 어떻게 다 봐요? 저 아이의 성장과정을 보면 부모 입장에서는 그게 일이기도 하니까 아이에게 신경을 많이 쏟았다고 할 수 있겠지만, 아이 입장에서 보면 달라요. 아이는 집에서도 혼자고 또래 친구도 없이 성장했어요. 자신이 성장하는 과정을 공개하면서 온라인으로 사람들과 관계를 형성했죠. 사람들은 모두 '귀엽다'는 긍정적 반응으로 아이를 봤고요. 아무래도 많은 사람들에게 반응이 좋아야 콘텐츠가 잘되는 것이니 사람들의 좋은 반응을 받기 위한 쪽으로 성장을 했죠. 사람들에게 알려지고 인기는 많은데 정작 자신은 없는 거죠. 온라인 공간상에 '아바타'만 있는 셈이죠. 어릴 적엔 아이가 어른의 말대로 행동하니 문제가 되지 않았는데 학교에 진학해서 또래들과 만나면서 하루도 갈등이 생기지 않은 적이 없었죠. 소셜 미디어를 심하게 사용하다 보면, 자신의 감성을 포함해 타인의 감성을 읽는 데 어려움을 겪거든요. 모니터에게 일방적인 말만 했으니까요."

"요즘 아이들은 인기 많은 아이들을 좋아하지 않나요?"

"물론 좋아하죠. 하지만 내 주변에서 자기밖에 모르는 일방향 소통을 하는 사람이 있다면 그 사람이 아무리 다른 사람에게 인기가 많아도 나는 싫은 거죠.

저 아이는 실제 삶에서 부딪히는 또래 친구들과의 갈등을 극복해낼 어떤 힘도 없었어요. 상대방이 없는 듯 함부로 하거나 무시하는 일련의 일로 학교에 적응하지 못하고 상담실을 다니다가 이곳까지 오게 된 거예요."

"안타깝네요."

"네, 무엇보다 그렇게 될 거라고 미처 생각하지 못했던 부모님께서 괴로워하시죠. 누군들 미래를 예측할 수 있을까요? 그들도 부모는 처음이잖아요."

화면이 전환되고 누군가의 얼굴이 나타났다. 자막에는 설립자라고 쓰여 있었다. 설립자는 놀랍게도 바로 C도 아는 인물이었다.

"전 제가 성공한 사람이라고 알고 있었어요. 돈은 엄청나게 많이 벌었습니다만 가만 보니 전 아이와 얼굴을 보며 대화를 나눈 적이 없습니다. 늘 모니터만 봤던 것 같아요. 모니터 안에 갇힌 제 딸을 보고서야 후회합니다. 저처럼 되지 않도록 얼굴을 마주보는 대화를 다시 찾는 공간을 선물해드리고 싶습니다. 갈등 없이 매끄러운 것이 진실된 관계를 만들지는 않습니다. 서먹서먹하고 어색하고 실수가 있어도 얼굴과 얼굴을 바라보면서 하는 대화의 소중함을 잊지 않으시길 바랍니다.

끝으로 묻습니다. 당신에게 가장 중요했던 대화는 무엇인가요?"

✦

소리를 찾아서

세계적 소리 채집가 S의 새로운 에디션!

"사막에서부터 무덤 안까지 소리를 채집하기 위해서라면 안 다녀본 곳이 없어요. 세계 방방곡곡을 누비며 다닌 후 돌아와 깨달은 것이 있습니다. 제가 위로받고 싶을 때 듣고 싶은 소리는 일상의 소리였다는 거죠. 우리의 향수를 일으키는 건 기억의 한편을 무심히 채웠던 일상의 소리들이에요."

소리를 칠하는 사람, 앱으로 탄생!

"필터효과로 눈에만 예쁜 사진을 꾸미셨나요? 소리를 입혀 귀로 느끼는 사진을 만들어보세요. 우리 주변 일상의 소리를 전해드립니다. 소리로 추억을 소환하고 늘 머물던 공간을 더 풍성하게 만들 수 있습니다."

소리를 칠하는 앱을 다운받아 여러분의 보통 날을 풍성하게 기록해보세요.

자신이 편집한 소리와 사진을 공유하면 사운드 무료제공 쿠폰을 드립니다.

더 원하는 소리가 있다면 sound dingdong에 신청해주세요. 목록은 상시 업데이트 중입니다.

한 사람이 라디오에 나오는 광고를 듣고 교통신호로 잠깐 차가 멈춘 사이 앱을 다운받아 실행한다.

"사진을 선택해주세요."

주저 없이 엄마의 사진을 선택한다.

"소리 필터를 선택해주세요."

기본 제공되는 소리를 살펴본다.

아침에 들리는 소리 메뉴를 선택한다.

쌀 푸는 소리 '스르르', 쌀 씻는 소리 '슈쉐에 슈쉐에', 밥 짓는 소리 '치카치카 치이익 치카치키 치이익', 유리판이 깔려 있는 식탁 위에 숟가락을 놓는 소리 '딱, 딱, 딱'. 네 개의 소리를 선택하고 본인이 갖고 있는 소리 파일을 하나 추가한다.

몇 초의 로딩 후에 엄마의 사진에 사운드가 입혀진다.

"저장하시겠습니까?"

소리를 입힌 사진 파일명은 "take1123"으로 저장하고 짧은 글을 보태 공유하기를 누른다.

<나의 사운드를 공유합니다.>

제목 : take1123

"스르르… 슈쉐에… 슈쉐에… 치카치카 치이익. 치카치카 치
이익… 딱. 딱. 딱. 밥 먹어라."

새벽 일찍 일어나신 어머니가 쌀을 씻어 밥을 짓고 식탁에
수저를 놓으며 아침상 차리시는 소리예요. 이제 아침을 여
는 소리는 더 이상 들리지 않아요. 1123은 어머니 기일이거
든요.

그 사람은 자신이 올린 사운드를 몇 번을 돌려 듣는다. 코
끝을 몇 번 찡끗거리더니 눈물을 주르륵 흘린다. 퇴근길 앞
차들의 붉은 빛이 눈물에 더 화려하게 번진다. 그가 공유한
사진엔 '좋아요'가 하나둘씩 늘어난다.

＃

어제까지 집계된 회사 실적을 보고받은 대표가 상기된 얼
굴로 아침 기획회의에 나타났다.

"역시 소리 전문가의 제안이 먹혔네."

흥분된 목소리였다.

"오늘 신문에 한 기자가 우리 앱에 관한 기사를 냈더라고

요. 사람들이 인싸가 되기 위해 특별하고 예쁘고 새로운 곳을 찾아다니던 경향이 우리 앱이 뜨면서 바뀌었다는데요? 일상적인 소소한 사진을 더 찍게 된대요. 자신의 추억을 돌이켜보며 주변의 소리를 직접 담는 사람들도 생기고 있대요."

"홍보가 더 제대로 되겠는걸?"

"시각에 집중되었던 기록이 청각 쪽으로 옮겨졌다고 자평합니다."

"공유된 스토리에 감동적인 사연도 많아요."

"그러게요. 사연 없는 사람들이 없네요."

"사고로 아이를 잃은 분이 아들과 함께 이를 닦는 사진에 '치카치카' 소리를 담은 사연도 울림이 컸어요."

"수학문제를 풀 때 나는 교실 칠판 소리도 십대들에게 인기였어요. 칠판 소리가 그렇게 비 오는 소리인 줄 몰랐다는 의외성을 높이 평가했어요."

"자극적이고 근사한 소리가 아닌 일상의 소리로도 인상적인 느낌을 남길 수 있다는 것에 다들 열광하고 있습니다."

기획회의에 참여한 사원들도 예상의 범위를 넘는 인기와 매출실적에 고무된 채 돌아가며 말을 했다.

"연령별로 차이가 있나요?"

대표가 물었다.

"연령별로 조사해보면 20대들은 연인들과의 추억과 연결한 소리의 매출이 높았고 30대는 자녀들과의 추억, 40대들은 부모님과의 추억을 연결한 소리에 대한 매출이 높아요."

"좋아요 반응을 많이 받은 스토리를 중심으로 좀 더 마케팅을 높여봅시다. 우리 주변 사람들이 우리 앱을 모두 깔도록!"

대표는 오른손 주먹을 쥐고 직원들에게 파이팅하는 동작을 보였다.

"네, 알겠습니다."

좋은 소식에 직원들의 얼굴에도 미소가 번졌다.

"그럼 오늘 기획회의는 이것으로 끝! 이번 앱이 더 잘돼서 여러분 모두에게 엄청난 성과급을 줄 수 있게 되길 바랍니다. 회의 끝나면 베스 기획팀장님은 좀 남아주세요."

대표는 직원들이 가장 듣기 좋은 말로 격려를 대신했다. 직원들이 각자 자리로 돌아가고 회의실에는 대표와 기획팀장만이 남았다.

"그나저나 뭐 대박이 나서 좋긴 한데. 기획팀장도 그때 있어서 알겠지만 난 반대했었잖아. 늘 파격적인 것의 대명사였던 S가 너무 심심한 제안을 했을 때 말이야. 우리가 듣기 어려운 소리를 담아서 이 시장을 주도했던 S가 일상적인 소리로 돌아온 이유는 뭘까 생각해봤어요? 그래야 다음 아이템도 우리와 함께하자고 작업에 들어갈 수 있을 것 같은데."

대표가 물었다. 하지만 기획팀장은 잠시 머뭇거리더니 뜬금없이 어제 점심 메뉴 이야기를 꺼냈다.

"어제는 칼국수를 먹었어요."

대표는 자신의 질문과 동떨어진 말을 하는 팀장이 의아하다는 듯 고개를 갸웃거렸다.

"아주 허름한 식당인데요, 할머니가 하시죠. 항상 많은 사람들이 줄을 서 있는 유명한 맛집이에요."

팀장은 대표의 황당한 표정을 읽었으나 내색하지 않고 말을 이어갔다.

"사실 어릴 적엔 화려하거나 새롭거나 인테리어가 예쁜 식당을 찾아다녔어요. 집에서 엄마가 해주면 먹을 수 있는 음식이 나오는 식당은 굳이 찾아가지 않았죠. 외식은 집에서 못 먹는 특별한 걸 먹어야 한다는 생각에서요. 그런데 말이죠. 엄마는 항상 계시는 게 아니더라고요."

대표는 입술을 꾹 다물고 고개를 끄덕였다. 비슷한 나이의 두 사람이 공감대를 가지며 분위기가 차분해졌다.

"그 사람들은 바로 그 맛을 찾으러 다녔던 거예요. 어릴 적 기억 속 엄마의 손맛. 엄마가 없는 집에서는 찾을 수 없는 그 맛을 찾아 외식을 다니는 거죠. 저도 어제 그랬거든요. 제 전공이 원래 미술이었잖아요. 작가들도 젊을 땐 온갖 화려한

색채와 기교를 사용하다가도 나이가 들면서 점차 심플해지죠. 핵심만 남아요. 회화도 그렇고 조각도 그렇고. 그런데 신기한 건 관객은 그 무심해 보이는 한 점과 한 조각에서 더 큰 울림을 받아요. 화려한 조미료에 익숙하던 입맛도 나중엔 순수한 맛을 그리워하게 되듯, S의 소리철학도 그랬던 게 아닐까요?"

대표의 얼굴에서 서서히 이해가 된다는 확신이 느껴졌다. 그리고 고개를 끄덕였다.

"그럴 수도 있겠군. 역시 내가 태어나서 제일 잘한 선택이 베스 팀장을 뽑은 거라니까."

대표는 돌려서 칭찬을 했다.

"그러니 말이야."

대표는 다시 눈을 반짝였다.

"원래 잘 나갈 때 다음을 대비하라고 하잖아. 사람들이 요구하는 소리도 알려드릴 겸 다음 아이템에 대해 슬쩍 알아봐. 소리 칠하는 앱이 아직 시작단계고 잘 나가지만 이럴수록 S가 다른 회사와 작업을 하기 전에 우리가 먼저 계약을 했으면 좋겠는데… 그게 뭐든."

대표는 누가 들을까 조용히 읊조렸다.

"안 그래도 거의 매일 연락을 시도하고 있지만 잘 닿지는 않아요. 아마 먼 곳에 또 작업을 하러 가셨나봐요. 워낙에 독특한 분이라 너무 아부를 해도 좋아하지 않으셔서 적절히 조절하고 있어요."

베스 팀장도 조용히 보고를 했다.

"그치! 실무적인 거야 팀장이 잘 알아서 하겠지. 팀장을 믿어."

대표는 팀장에 대한 믿음이 강했고 팀장은 그 믿음을 언제나 완벽한 일처리로 보답했다.

"S의 다음 아이디어가 우리에게 와야 할 텐데. 그게 뭐든 적극적으로 협조한다는 의사를 꼭 전하고."

대표의 의지는 강했다.

"네. 알겠습니다."

베스 팀장과 대표는 이야기를 마치고 회의실을 떠났다.

\#

연주회가 끝나고 사람들은 일제히 기립박수를 쳤다. 베스도 예외는 아니었다. 연주홀을 나오면서도 음악이 주는 감동에 취해 휘청거릴 정도였다.

"어! 베스? 역시나 너도 왔네?"

고등학교 동창 조녀선이 뒤에서 반갑게 불렀다. 둘은 예술고등학교에서 클래식 음악 동아리를 함께 했다. 베스는 미술

전공이지만 음악을 좋아하는 어머니의 영향으로 자연스럽게 클래식 음악을 가까이하며 성장했다. 학창 시절에도 뛰어난 음악적 교양을 갖춘 학생이었다. 한편 조너선은 작곡 전공으로 지금은 엔터테인먼트 회사에서 음악프로듀서로 근무하고 있다. 젊은 감각을 유지하면서도 클래식과 조화를 이루는 독창적인 작품으로 업계에서는 단연 창조적인 아티스트라는 평이 자자하다. 둘은 특별히 약속하지 않아도 괜찮다고 소문난 연주회장에서 만나는 일이 잦았다.

"혼자 왔어?"

베스가 물었다.

"그렇지. 이렇게 좋은 작품은 혼자 와야 집중하잖아. 너도 그렇지?"

조너선은 두 번 말해 뭐하냐는 눈짓을 보냈다.

"신들린 지휘를 봤더니 괜히 내가 다 배가 고프네. 뭐 좀 먹으면서 이 감동을 나눠볼까?"

베스가 말했다. 둘은 특별히 장소를 정하는 대화를 나누지 않았는데도 공연장 밖으로 나온 후 같은 방향을 향해 걷고 있었다. 베스는 연주회에서 들었던 곡을 흥얼거렸다.

"예나 지금이나 음악에 푹 빠져 흥얼거리는 건 여전하군."

조너선이 웃으며 말했다.

베스와 조너선은 공연장 뒤편에 위치한 작은 이탈리안 레

스토랑으로 들어갔다.

"여기 늘 먹던 거로요."

가게에 들어서면서 주인장과 주고받은 눈인사로 주문은
끝이 났다. 둘은 식당의 가장 구석진 자리를 택해 앉았다.

"우리의 아지트는 사람들이 별로 없어서 좋아. 주인한테는
미안하지만."

조녀선이 둘만 들을 수 있는 작은 목소리로 말했다.

연주회가 끝나서 식당에 올 때까지 같은 선율을 흥얼거리
던 베스가 한마디 툭 던졌다.

"비제는 천재야."

"말해 뭘 해. 까다로운 니체가 괜히 좋아했겠어?"

조녀선이 거들었다.

"중독성이 강해. 그러다 너 오늘 잠 못 잔다."

조녀선이 말했다.

"그러게."

베스는 뇌벌레* 증상으로 어려움을 겪은 적이 있었기에 조
녀선의 걱정을 이해했다.

주문한 음식이 나왔다. 피자를 한 조각 들면서 조녀선이

---

*   같은 선율이 반복되어 머릿속에 들리는 증상

말했다.

"요즘 소리 칠하는 앱이 핫하던데. 내가 주변에 얼마나 자랑하는지 알아? 그게 내 친구 기획이라고."

베스는 친구의 칭찬에 살포시 미소를 지었다.

"그나저나 큰일날 뻔했지 뭐야. 소리하는 사람이 소리를 듣지 못하게 될 뻔했잖아."

조녀선은 피자를 먹으며 말했다.

"누구?"

베스는 무심히 물었다.

"엥? 몰라?? S 말이야."

조녀선은 피자를 들고 무심한 베스의 반응이 더 이해가 가지 않는다는 표정으로 말했다.

"S가 뭐?"

도무지 영문을 모르겠다는 베스는 눈만 껌벅였다.

"S는 너희랑 계약까지 했던 사람인데 소식을 몰라? 사고 났었잖아. 밤에 산에서 소리 채집하는 작업을 하고, 운전하고 돌아오는 길에 차를 나무에 박았다던데? 병원에 실려 왔을 땐 의식이 없었다고 하더라고…"

조녀선은 안타까운 소식이라는 듯 고개를 저었다.

"그래? 난 정말 몰랐어. 넌 어떻게 알았어?"

베스가 먹던 피자를 놓고 심각하게 물었다.

"난 친구에게 들었지. 병원에서 일하는데 너처럼 음악에 조예가 깊어. 그 친구는 그동안 S가 구성한 독창적인 사운드를 에디션별로 다 갖고 있을걸? S는 대중들에게 얼굴이 알려진 사람은 아니지만 그래도 음악에 관심 있는 사람들을 중심으로 마니아 팬들이 많잖아. 내 친구도 그중 하나고. 그래서 알게 되었어."

"그래서 지금은 어떻대?"

베스는 다급하게 물었다.

"음, 병원에서 의식이 거의 없는 상태로 있다가 다행히 호전되어서 퇴원하고 집과 병원으로 왔다 갔다 한다는데 친구는 후유증이 있을까봐 걱정하더라고. 음악 작업하는 데는 별 영향이 없어야 할 텐데 말이야."

조녀선도 자전거 사고로 경미한 뇌진탕을 겪은 후 후유증을 앓아 한동안 작곡을 중단한 적이 있었다. 비슷한 상황을 겪어서일까? 개인적으로 잘 알지도 못하는 S를 진심으로 염려하는 게 전해졌다.

"너는 진심으로 S를 걱정하는구나."

베스는 조녀선의 모습을 보며 말했다.

"나는 진심으로 S가 걱정되는 걸까? 아니면 내 일에 착오가 생길까봐 걱정하는 걸까? 너를 보니 그런 생각이 드네."

베스가 중얼거렸다.

"무슨 그런 말을…"

조녀선은 손사래를 쳤다. 그리고 진지하게 말했다.

"언제부턴가 섣부른 가식적 존경과 위로를 입에 달고 다니는 사람들을 멀리하게 되더라고. 우리가 하는 일의 분야가 다른 것 같아도 결국 사람과 사람의 마음이 통해야 하는 거잖아. 대가들은 어쩌면 가식을 구분하는 귀가 있는 사람들일 수 있어. 그걸 거를 수 있으니 큰일을 해내는 거겠지. 맘에도 없는 섣부른 가식이 일을 그르칠 수도 있어. 너도 일을 할 때 그 점을 명심해."

"그래. 조언 고마워."

베스는 겉으론 화려하고 산만해 보이지만 누구보다 진중한 면이 있는 조녀선의 됨됨이를 잘 알고 있기에 그의 말을 허투루 듣지 않았다.

"그나저나 좀 부끄럽네."

베스가 의기소침해서 말했다.

"왜?"

조녀선은 베스의 눈을 보며 물었다.

"S는 지금 우리와 협업을 하는 사이인데 내가 모르고 있었다니 말이야. 난 연락이 잘 안 돼서 늘 그렇듯 작업하러 간 정도라 생각했거든. 아티스트들은 편집자들이 너무 호들갑스럽게 챙기는 것도 싫어해서 이번에도 그렇다고 생각했어. 내가 너무 안일했던 거 같아."

베스의 표정이 연주회장을 나올 때와 달리 무겁게 굳었다. 조너선은 베스의 표정을 읽었다.

"내가 괜한 이야기를 했나 보네. S 이야기가 나온 후로 네 얼굴이 점점 굳어가고 있어. 그러다 밀랍인형 될라."

조너선은 썰렁한 농담으로 베스를 달랬다.

"흡."

베스는 짧고 힘없는 코웃음으로 친구의 노력에 답을 했다. 그리고 말했다.

"이렇게라도 알게 돼서 다행이야. 이야기해줘서 고마워."

"나도 작업할 때 이런저런 연락이 오는 게 싫거든. 그리고 이번 사고도 특별히 본인이 밝히지 않으면 굳이 아는 척을 하지 않는 게 좋을 것 같아. 사람들이 많이 알면 알수록 S 입장에선 피곤하기밖에 더 하겠어?"

조너선은 계속 베스의 걱정을 풀어주려 했다. 하지만 베스는 자신의 안일함으로 S와의 다음 작업이 무산되는 것은 아닐까 머릿속이 복잡했다. 대표의 강한 주문이 맴돌았다. 베스는 이번에도 잘 해내어 자신의 커리어를 더 확고히 하고 싶었다.

"뭐 퇴원했다고 하니까 좀 나아지면 연락하겠지. 천천히 시간 두고 연락해봐."

조녀선이 말했다.

"그나저나 우리는 비제 이야기로 다시 돌아가볼까?"

조녀선은 화제를 전환했지만 베스의 머릿속엔 S와의 다음 프로젝트가 성사되지 않으면 어쩌나 하는 생각뿐이었다.

#

"연락을 많이 하셨더군요."

S는 차를 내리면서 말했다. S의 거실엔 비제의 음악이 흐르고 있었다.

"제 답변이 너무 늦었죠?"

작업할 때와 달리 사석에서 만난 S는 편안해 보였다. 베스는 처음으로 천재 S가 인간적으로 보였다.

"아닙니다. 덕분에 좋은 결과가 나와서 그저 빨리 결과를 알려드리고 싶은 마음에 연락을 드린 건데… 본의 아니게 잦은 연락으로 작업에 방해를 드린 건 아닌지 걱정도 했습니다."

베스는 자신이 하는 말이 제대로 된 높임말인지 아닌지도 모를 만큼 긴장했다.

"저를 너무 조심스럽게 대하지 않으셔도 됩니다. 전 저를 막 대해주는 사람이 좋아요."

S는 가벼운 농담을 건네며 베스에게 정성껏 내린 차를 한 잔 따라주었다. 차를 따르는 동작은 조금 불편해 보였지만 무용을 하듯 우아했다. 베스는 조녀선에게 들은 이야기로 안부를 여쭤볼까 망설이기만 했다.

"비제를 좋아하시나 봐요?"

베스는 차 향과 더불어 거실을 채우고 있는 음악으로 화제를 돌렸다.

"음과 음 사이가 부드럽게 이어지고 리듬 구성이 탄탄하죠. 대중들이 좋아하는 데는 다 그만한 이유가 있죠."

S가 말했다. 베스와 S는 차를 음미하며 음악에 젖었다. 하지만 베스는 자신의 할 일을 잊지 않았다. 한 곡의 연주가 마무리될 즈음 자연스럽게 일 얘기를 꺼냈다.

"이 목록이 고객들이 sound dingdong에 요청한 소리 목록입니다. 천천히 살펴보세요."

베스는 서류봉투를 전했다. S는 그저 차와 음악에 집중하는 듯 보였다.

"요즘은 어떤 작업을 하고 계시나요?"

베스가 어렵게 말을 뗐다. 업계 용어로는 다음 프로젝트를 따내기 위한 밑밥을 까는 질문이었다.

"요즘은 중증 뇌환자들이 있는 병동에 갑니다."

S는 덤덤하게 답을 했다.

"뇌환자 병동이요? 거기에서도 소리를 채집하시나요?"

베스가 물었다.

"베스 씨는 혹시 중증 뇌환자 병동에 가보셨나요?"

S는 베스의 질문에 대한 답 대신 질문을 했다.

"아뇨."

베스가 말했다.

"최근에 제가 경미한 사고가 있었어요. 잠깐 의식을 잃어서 뇌검사를 하느라 잠시 그곳에 머문 적이 있었죠. 할 일이 없어서 병동을 이리저리 거니는데 거기엔 참으로 다양한 환자들이 있더군요. 치매, 파킨슨병 환자 등… 놀랍게도 그들의 얼굴엔 희로애락 그 어떤 표정도 없더군요. 그들을 보고 있노라면 같은 공간에 있지만 아득한 자기만의 세계에 갇혀 있는 듯 보였어요. 보이지 않은 감옥에 갇힌 얼굴이라 해야 하나."

S는 계속해서 말을 이어갔다.

"그런데 특정 소리에는 반응을 하더라고요. 사람마다 반응을 하는 소리의 종류는 다르지만 소리엔 반응을 하는 건 분명했어요. 리듬이 활력 있고 풍부한 소리는 신경계를 자극하는 힘이 있거든요. 그런 관점에서 보면 비제의 음악도 환자들의 반응을 이끌어내기 위해 효과가 있을 거예요. 그래서 거기서 생각했죠. 다음엔 어떤 이유로든 우리의 세상에서 멀어져 있는 그들을 깨울 수 있는 소리를 찾고 싶다고요. 음악을 듣는 잠깐만이라도 아득함 속으로 숨어버린 그들의 정신을 끌어올 수 있다면 그들을 아무런 말 없이 지켜보던 가족들도 기쁘지 않을까요? 또 그들도 생생한 과거를 가졌던 존재임을 그들을 치료하는 사람들에게도 한 번쯤은 인식시키고 싶어요. 사람들이 그들을 무생물인 돌처럼 대하지 않게요."

S는 창밖으로 시선을 고정하고 넋두리하듯 말했다. 그러고 보니 거실엔 파킨슨병을 비롯한 뇌질환 관련 책자와 음악치료에 관한 두꺼운 서적이 여기저기 놓여 있었다. S는 이미 꽤 많은 연구를 진행하고 있는 듯 보였다. 베스는 깊이의 바닥을 알 수 없는 S의 거대한 생각을 담기에는 머리가 벅찼다. S의 다음 작업을 맡게 된다 하더라도 자신이 감당할 수 있을지 판단이 서지 않았다. 하지만 S를 방문한 목적을 잊지 않았다.

"그게 무엇이든 다음 아이템도 저희와 함께하신다면 어떤 지원도 해드릴 각오가 되어 있습니다."

우리와 꼭 같이 일을 하자는 의지를 너무 담은 탓일까? 베스 자신이 생각해도 교과서를 읽는 것같이 어색한 말투에 프로답지 않았다는 자책감이 들었다. '나 오늘 도대체 왜 이러는 거야?' 베스의 속마음을 읽은 듯 S는 그저 조용히 미소를 지었다.

"저를 너무 믿으시면 안 돼요. 이러다 그만할 수도 있어요. 실현된다는 보장도 없고."

S는 베스를 들었다 놨다. 이런저런 이야기가 오가던 그들 사이에 찻잔이 식어가고 거실에 흐르던 음악도 끝이 나자 온화한 미소를 짓던 S의 얼굴색이 서서히 무거워지더니 피곤해 보였다.

"오늘 제가 한 말은 머리에 담지 마세요. 어디까지나 아직은 제 상상이니까요."

S는 다시 한 번 말했다. 베스는 지난번 작업을 같이하면서 S가 정확한 사람이라는 걸 알았다. 자신이 할 수 있는 것과 없는 것이 명확했다. 그리고 베스는 S의 그런 점을 존경했다. 계속해서 같은 말을 하는 것으로 보아 이번 일은 S와 같은 대가에게도 쉽지 않은 일임을 알 수 있었다.

'이 타이밍엔 격려의 멘트가 나가야 하는데…'

베스는 머릿속 계산 결과 주먹을 쥐고 '힘'을 외치려다 멈췄다. '진심이 아닌 계산으로 그 사람을 네 것으로 만들려 하지 마. 어설픈 가식을 대가들은 다 눈치채니까.' 조녀선의 조언이 생각났다. '힘내라' '할 수 있다!'같이 너무 많이 외쳐서 진심이 희석되게 느껴지는 구호로 S를 재촉하지 않았다.

그렇게 베스는 S를 만났고 그날이 베스가 S를 본 마지막 날이었다. 베스의 회사와 S는 소리 칠하는 앱을 마지막으로 새로운 작품을 함께하지 않았다. 혹시나 다른 회사와의 경쟁에서 밀린 것인가 하는 의구심에 S의 새로운 작업에 대한 모니터링도 했지만 아무런 소식은 없었다.

#

베스는 오랜만에 공연장을 찾았다. 몇 년 전 성황을 이루었던 비제 연주회에 대한 관객들의 앙코르 요청이 드디어 성사된 것이다. 바쁜 와중에도 늘 그렇듯 혼자 공연장을 찾아 연주를 감상했다. 이젠 머리에서 지울 법도 하지만 평소에도 틈만 나면 S와 만났던 날을 되새기며 자신에게 어떤 실수가 있었을까를 몇 번이고 돌아봤다. 비제의 연주를 들을 때면 마지막 S를 만난 거실 장면이 생생하게 떠올랐다. 다른 기획으로 승승장구하여 화려한 커리어를 쌓았음에도 완벽주의자 베스는 S와 한 번 더 작업을 하지 못한 것을 자신의 경력 중 가장 큰 오점이라고 생각했다.

연주가 끝나고 베스는 자리에서 일어났다. 나이가 들수록 머리가 복잡해져서일까? 불과 몇 년 사이임에도 음악에 취해서 휘청했던 지난번과 달리 음악이 마음을 두드리지 않았다.

'감정이 너무 메말라가나봐. 머릿속에 들어앉아 모든 것을 분석하고 계산하는 뭔가가 음악에 대한 취향도 야금야금 갉

아먹는군. 이것도 혹시 직업병인가?'

음악 하나 온전하게 집중하지 못하고 느끼지 못하게 되어 버린 것 같아 마음이 무거웠다. 아쉬움을 남긴 채 돌아 나오던 그때 뒤에서 조녀선의 목소리가 들렸다.

"어이! 정말 오랜만이네. 오늘 오면서 왠지 너를 만날 것 같긴 했어."

조녀선은 여전했다.

"요즘 작곡한 노래가 대박이던데."

베스가 말했다.

"언제는 안 그랬나?"

친구 앞에서 조녀선이 맘껏 뽐냈다.

"으이구. 그 자뻑은 죽을 때까지 갈 거야."

두 사람이 티키타카 이야기를 주고받는 모습은 꽤 오랜만에 만났어도 마치 늘 만나왔던 사이 같았다.

오늘도 둘은 연주회장에서 나와 특별히 장소를 정하지 않고도 같은 방향을 향해 걸었다. 이런저런 근황을 나누던 중 뭔가 이상한 점을 발견한 표정으로 조녀선이 물었다.

"그런데 너 오늘은 한 번도 흥얼거리지를 않네?"

베스는 너털웃음을 지었다.

"쳇. 누가 소리를 다루는 사람 아니랄까봐 그걸 알아버리네."

베스는 자신의 상태를 알아봐주는 친구의 섬세함이 놀랍기도 하고 고맙기도 했다.

"언제부턴가 음악을 듣는 게 예전 같지 않아. 선율이 머리에 남지도 않고. 노래를 흥얼거리지 않은 지는 꽤 오래됐어. 음악은 듣고 있지만 내 마음을 두드리지 못한다고 할까? 예전엔 머릿속이 음악으로 충만하게 가득 찼었는데 말이야. 소리를 일로 다뤄서 음악 자체를 느끼는 법을 잊어버린 것 같기도 하고."

베스는 걸어가며 지금 상황을 솔직히 털어놓았다. 베스 옆에서 함께 걷던 조녀선은 걸음을 잠깐 멈췄다.

"왜?"

베스는 멈춰선 조녀선을 돌아봤다. 조녀선은 잠시 그대로 서서 베스를 바라보다가 베스에게 다가와 어깨를 지긋이 잡았다.

"어허. 이 친구 슬럼프가 제대로 왔군. 너도 지칠 때가 됐지. 그 일을 다 해내려면 말이야. 좀 쉬어."

조녀선은 베스의 어깨를 가볍게 토닥였다. 베스는 고맙다는 눈인사를 보냈다. 둘은 다시 걷기 시작했다. 공연장 뒤편에 있는 식당을 찾아 모퉁이를 돌자 검은색 근사한 세단이 세워져 있었다. 세단 주변으로는 경호원으로 보이는 사람들이 서 있었다. 그 사람들 사이로 누군가가 부축을 받으며 이동을 했다.

"VIP가 공연장에 왔나 보네."

차 주변에 가까워지자 조녀선이 고개를 쭉 빼며 관심을 보였다.

"그냥 지나가자."

베스는 관심 없는 듯 식당으로 걸음을 재촉했다.

"어! 혹시 S 아냐?"

걸어가던 조녀선이 멈췄다.

"아… 두문불출하여 업계에 이상한 소문이 자자했는데 그 소문이 사실이었군."

조녀선이 큰 특종을 얻은 기자처럼 흥분해서 말했다. 베스도 그쪽으로 시선을 돌렸다. 마치 작은 홀라후프에 몸이 낀 상태로 뻣뻣하게 동작을 하는 사람이 사람들의 도움을 받으며 차에 올라타고 있었다. 체격 좋은 경호원들의 틈으로 이리저리 시선을 옮겨 그 사람의 얼굴을 확인했다. 조녀선이 본 대로 그 사람은 S였다.

"아니 왜…"

베스는 갑작스러운 상황에 할 말을 잃었다. 우아한 몸짓으로 차를 건네주던 S의 모습과 대비되었다. 조녀선과 베스의 시선에 불편함을 느낀 경호원들은 더 단단히 S가 보이지 않게 사람벽을 쌓고 행동을 서둘렀다.

"이미 소리 칠하는 앱 출시 때부터 파킨슨 초기 진단을 받았다는 말에 설마설마했는데. 그때부터 서서히 동작이 서툴러져서 운전하다 사고가 난 거라지 아마? 자신도 그 사실을 알고 스스로 극복하기 위해 무진장 애썼다는군. 요양원에 다니고 음악치료에 대한 공부도 하고. 아마도 자신과 같이 뇌질환 환자들을 위한 소리를 작품으로 준비하려고 했었나봐. 끝내 이루진 못했지만…"

조녀선이 계속 중얼거렸다. 너무 놀란 베스는 모든 감각이 S를 향했다. 조녀선의 말소리도 점점 작게 들리더니 주변의 모든 소리마저 아득해졌다. 일상의 소리에 담긴 의미를 사람들에게 찾아주고 정작 자신의 소리를 잊어가는 S를 보니 그동안 자신의 커리어만 생각하고 섭섭해했던 것이 너무 미안했다. 가슴이 시큰거려 오른손을 심장 위로 가져갔다. 그런데, 그 순간 베스의 머릿속에서 뭔가 강렬하게 터지는 소리가 들렸다. 알 수 없는 표면장력에 막혀 들리지 않았던 소리의 봇물이 터진 듯했다. 소리는 심장에서 뿜어 나온 피처럼 베스를 한 바퀴 휘감은 후 머릿속을 서서히 채워갔다. 그 소리는 S를 마지막으로 만난 날 거실에서 들었던 선율이었다. 베스는 자기도 모르게 머릿속 선율을 조용히 흥얼거리기 시작했다.

"베스. 너 다시 흥얼거리네?"

조너선의 말을 뒤로 베스는 S를 태우고 떠나가는 세단을 하염없이 바라보았다. 아득한 자기만의 세계에 갇혀 음악을 느끼지 못하게 된 베스를 깨운 건 특정 소리가 아니라 타인을 향한 마음이었다. 베스는 S가 프로젝트를 더 이상 진행하지 않은 진짜 이유를 어렴풋이 알 것 같았다.

☆
언어공주

입구에 서자 지름 5mm 정도의 붉은색 등이 깜빡였다.

"예약하셨나요?"

붉은색 등 아래 있는 스피커에서 익숙한 음성이 들렸다.
하지만 사람은 보이지 않았다.

'이 목소리 누구더라?'

목소리의 주인이 떠오를 듯 말 듯해서 나는 머리를 갸웃거
렸다. 그 사이 같은 질문이 다시 들렸다.

"예약하셨나요?"

"12시에서 13시 타임…에요."

반말로 시작했다가 어색하게 말의 끝을 맺었다. 답변이 끝
나자 건조한 억양의 안내 멘트가 나왔다.

"신분증을 리더기 위에 올려주세요."

멘트대로 신분증을 리더기 위에 올렸다.

"신분증의 위치를 다시 한 번 확인해주세요."

"앗. 씨발. 귀찮게."

작동이 제대로 되지 않아 짜증이 나서 평소 말투가 툭 튀어나왔다. 안에서 새는 말 바가지가 밖에서도 샜다. 혹시나 주변에 사람이 있는지 살폈다. 다행히 아무도 없었다. 거의 모든 게 완벽한 나는 의식 없이 튀어나오는 이 거친 말이 늘 문제였다. 청소년 시기에 조금 강하게 보이면 친구들이 건들지 않는 것 같아 시작했던 말이 이렇게 평생 내 입에 붙어버렸다. 내 외모에 호감을 보이던 남자들도 내가 입을 여는 순간 오래 버티지 못하고 모두 떨어져 나갔다. 물론 내가 가식 없는 말을 뱉었던 건 나 역시 상대방에게 관심이 없었기 때문이다. 옆에 쓰여 있는 안내를 확인한 후 다시 신분증을 올렸다.

"예약 확인되었습니다. 반갑습니다."

몇 번 더 듣고 나니 그 음성이 내 핸드폰 인공지능 가상비서와 같음을 알았다.

"뭐야. 내 비서님이 여기에도 취직하셨나? 요즘 제일 잘나가네. 비서님 때문에 내가 일할 데가 점점 더 없어져요! 씨발."

인공지능 가상비서가 사람인 나보다 더 잘나가는 것 같아 입을 삐죽이며 말을 뱉었다. 질투가 나긴 했지만 인공지능 플랫폼이 제공하는 정보력이 점점 나아지고 있는 건 부인할 수 없는 사실이다. 웬만한 흥미로는 주말에 방에서 나오지 않는 나를 이곳까지 이끈 것도 그 비서였으니까. "찌익~" 발권기에서 나온 표를 가지고 입구에 들어서려는데 문이 열리지 않았다. 대신 알람소리와 함께 입구 앞 설치된 모니터에 도서관 열람시 주의사항이 떴다.

☐ 열람은 제한된 시간에만 이루어집니다. 약속된 시간이 지나면 강제 퇴실됩니다.

☐ 모든 열람실에서는 사진, 비디오, 음성 등 일체의 촬영이 허용되지 않습니다. 기념촬영은 정해진 장소에서만 가능합니다.

☐ 일부 열람실은 새로 도입된 시스템이 시범 가동 중입니다. 허락 없는 출입시 예측할 수 없는 돌발 상황으로 위험해질 수 있으므로 주의해주시기 바랍니다.

이 모든 안내를 따르지 않을 시 일어나는 불미스러운 일에 대해서는 열람객에게 법적 책임을 물을 수 있습니다.

동의 ☐   비동의 ☐

"뭐가 이렇게 심각해?"

나는 모든 문항을 제대로 읽지도 않고 대충 응답했다. 동의에 클릭하자 문이 열리고 도서관의 로비가 나타났다. 로비엔 아무도 없었다. 정해진 시간에 한 사람만 자료 열람이 가능하도록 한 폐쇄적인 운영 전략은 희소성이 높을수록 인증샷의 가치가 높아지는 젊은이들에게 제대로 먹히면서 화제가 되었다. "요즘 가장 인기 있는 장소가 어디야?"라고 무심히 던진 질문에 내 인공지능 가상비서도 이곳을 안내했다. 나는 인증샷의 무리에 끼고 싶어 예약을 어렵게 성공한 후이 자리에 올 수 있었다.

남들보다 앞서는 정보를 얻기 위해서는 시간과 노력이 많이 요구된다. 뭐 하나 그냥 얻는 것은 없다. 온라인상에서 나름 잘나가는 내 지위를 유지하기 위해서 이 정도의 노력은 아무것도 아니다. 솔직히 말하면 내 주변엔 사람이 없다. 내가 입을 열 때마다 한 명씩 사라졌다. 내 유일한 약점인 싸가지 없이 거친 말투 때문이다. 하지만 온라인 친구들은 나의 말투를 모르고 그것이 그들에게 딱히 중요하지도 않다. 그들은 어디에도 꿀리지 않는 내 외모와 특이한 장소를 담은 사진을 올려주기만 하면 항상 내 옆에 있다. 온라인상에서 나는 혼자가 아니다.

"아! 존나 답답하네. 어디 물을 때도 없고."

아무도 없는 도서관 로비에서 어디로 가야 할지 방향을 잡지 못해 우물쭈물했다. 그런데 그때, 뭉툭한 뭔가가 다리 뒤에 와서 슬쩍 나를 건드리곤 멀어졌다.

"아 씨발! 깜짝이야. 뭐야?"

화들짝 놀라 뒤를 돌아보니 지름 50cm 정도 되는 원기둥 몸통 위로 반구가 덮인 물체가 서 있었다. 높이는 내 허벅지까지 올라왔다.

"이동식 쓰레기통인가?"

눈을 아래로 깔아 그 물체를 쳐다봤다.

"야! 야! 너 뭔데 날 건드려?"

구두의 뾰족한 앞 코로 물체를 툭툭 건드렸다. 그 물체에선 매표소 입구에서 봤던 붉은색 등이 깜빡였다. 이제야 그 등이 사람을 인식하는 센서임을 깨달았다.

"환영합니다. 여기는 언어의 성장을 돕기 위한 연구과정과 결과를 공유하는 곳입니다. 이번에는 사람들이 쓰레기라고 생각하는 언어를 모아놓은 자료를 열람하고 있습니다."

매표소에서 들었던 그 음성이 또 들렸다.

"아! 이 새끼! 알겠다! 너 여기 안내로봇이지?"

난 마치 아는 동생을 만날 때처럼 친근함의 표현을 담아 그 물체와 인사를 나누었다. 공부할 때는 예습 한 번 한 적 없지만 새로운 곳을 혼자 방문하기 전에는 그곳의 정보를 먼저 살펴본다. 혼자 헤매서 다른 사람들에게 촌스럽게 보이는 게 싫어서다. 폼에 살고 폼에 죽는 성격 탓도 있지만 이렇게 준비해서 가면 더 좋은 정보를 얻게 되니 온라인 친구들의 반응도 좋았다. 사전준비를 해야 하는 번거로움은 있지만 잃는 것보다 얻는 것이 많아 계속 실천하고 있다. 이곳을 방문하기 전에도 먼저 다녀온 사람들의 글과 자료를 죄다 찾아봤다. 정해진 장소를 제외하곤 일체의 촬영이 허용되지 않는 곳이라 후기는 주로 글로 된 것들이었다. 다녀간 사람들이 묘사한 글을 읽으며 내 나름대로 안내로봇의 모습을 떠올려봤다. 오동통해 보이는 실물이 내가 상상했던 것보다 더 귀여웠다.

　"먼저 중요한 주의사항을 말씀드립니다. 이곳에서는 허가되지 않은 사진 및 동영상 촬영, 녹음을 할 수 없습니다. 소지하신 모든 전자기기는 로비에 위치한 물건 보관함에 맡겨주시기 바랍니다. 안내에 따르지 않는 관람객은 강제 퇴거 조치 및 법적 절차가 진행됨을 알려드립니다."

　귀여운 로봇은 입구에서 확인받은 주의사항을 다시금 안내했다. 이미 몇몇 사람들이 몰래 촬영하기 위한 꼼수를 부렸다가 쫓겨나고 엄청난 비용을 치렀다는 사실을 알고 있었다. 난 절대로 그러지 않겠다는 뜻으로 고개를 격하게 끄덕이며 설명을 들었다. 하지만 이미 아는 내용을 들으려니 지루했다.

"대충 씨불이지. 난 다 알고 왔으니까."

평소 말투 그대로 로봇에게 말했다. 사람이 아니니 내 말투가 자기를 무시했다는 둥 어쨌다는 둥 하는 피곤한 시비에 얽히지 않아서 좋았다.

'사람이 아니어서 그 점은 편하네.'

사람이었다면 내 말투에 벌써 시비가 붙었을 텐데 내 거친 말에도 불구하고 로봇은 시종일관 친절하게 안내했다.

"출발하기에 앞서 먼저 이 장소가 태어난 배경에 대해 말씀드리겠습니다. 이 도서관의 전신은 언어연구소입니다. 세계 곳곳의 언어를 연구하는 곳이지요. 역사에서 보듯 인류에겐 수많은 언어가 있습니다. 어떤 언어는 더 강력한 힘을 갖고 성장하며 어떤 언어는 소멸하기도 합니다. 이곳은 사람들에게 언어와 관련된 다양한 민원을 받고 해결책을 제시하면서 언어의 성장을 돕는 곳입니다.

언제부터인가 거친 말을 일상적으로 사용하는 사람들로 인해 감정을 다치거나, 그들의 거친 말을 옆에서 듣는 것만으로 피로감을 호소하는 분들이 늘어났습니다. 특히 피해를 입는 분들 중에는 언어연구소를 후원하는 분들이 많았습니다. 모국어를 사랑하는 그분들은 아름다운 모국어가 잘못 사용되고 있는 상황을 안타까워하며 쓰레기 같은 언어를 분리

해 달라는 요청을 하셨습니다. 그 요청을 받아들여 우리는 오랜 연구와 실험 끝에 언어 청정 3 in 1 시스템을 개발했습니다.

첫 번째 열람실에 들어가면 언어 청정 3 in 1 시스템의 실물과 더불어 현재 작동되는 모습을 보실 수 있습니다. 두 번째 열람실에서는 개발과정에 참여한 연구원과의 화상대화가 준비되어 있습니다. 세 번째 열람실에서는 수집된 쓰레기 언어들을 보는 자유열람 시간이 주어집니다. 네 번째 열람실은 아쉽게도 새로운 장비의 설치 및 시범 작동 중으로 지금은 열람이 되지 않습니다. 세 번째 열람을 마친 분들께서는 잊지 말고 촬영스튜디오에 들러셔서 멋진 추억을 남기시길 바랍니다.

이곳을 찾은 분들이 도서관 밖을 나설 때에는 자신의 언어 습관을 돌아보고, 아름다운 언어를 일상에서 사용하게 되길 바랍니다. 이제부터 저를 따라 첫 번째 열람실로 가도록 하겠습니다."

안내로봇은 방향을 틀더니 쭉 미끄러져 갔다.

"서론이 왜 이리 길어. 교육방송 같네. 내가 학교 다닐 때도 안 듣던 방송인데. 씨발. 난 그냥 인증샷 하나면 된다고."

설명을 듣다 지친 나는 로봇을 따라 첫 번째 열람실로 터덜터덜 들어섰다. 열람실 가운데에는 언어청정기의 실물이 놓여 있었다. 외관은 근사했다. 로봇은 일정한 목소리로 안내를 하기 시작했다.

"지금 정면에 보이는 기기가 언어 청정 3 in 1 시스템, 짧게는 언어청정기입니다. 청소기가 먼지를 빨아들이고, 공기청정기가 우리의 건강을 위해 맑은 공기를 제공하듯 이 기기는 아름답지 않은 언어를 흡수하여 우리가 맑은 정신을 갖게 도움을 주는 장치입니다. 다만 청소기에 수집된 먼지가 버려지는 것과는 다르게, 언어청정기에 수집된 언어들은 각 맥락에 따라 다양한 카테고리로 분류되어 이 도서관에 기록됩니다. 다음은 쓰레기 언어로 수집된 하나의 예입니다.

수집어 : 씨발

본뜻 : 사전에 없음.

여성의 성기를 하대하여 부르는 말이라는 설이 있음.

수집장소 : 한국, 중학교.

수집 시간 : 수업 시간.

수집 맥락 : 교사가 학생들의 생활지도시 학생이 내뱉음.

수집시 주변 불쾌 강도 : 최강. 주위의 불쾌 강도와 긴장도가 최고치로 올라간 상황이었음.

수집 단어 경향 분석 : 이 단어는 같은 나이의 사람들끼리 사용될 때는 감지기에 미비하게 잡히는 경우도 있으나 나이가 어린 자가 어른에게 사용할 경우 불쾌 강도가 최고로 높아지는 등 사용되는 맥락에 따라 쓰레기 언어로 분류되는 특성을 지님. 젊은 사람들의 대화, 영화자막, 개인 방송에서 자주 사용되는 의미 없는 감탄사로 쓰일 때는 언어청정기의 미세함의 정도에 따라 흡수가 잘 안 되는 경우도 있음.

보다 더 많은 자료는 잠시 후 자유 열람 시간에 보실 수 있습니다."

영혼 없이 한쪽 다리에 무게중심을 두고 비뚜름히 서서 설명을 듣던 나는 마지막 예로 나온 쓰레기 언어 카드를 보고 나선 크게 한 대 맞은 듯 정신이 바짝 들었다. 자세를 고친 후 똑바로 섰다. 그 단어는 내가 매일 일상용어로 쓰는 말이기 때문이었다.

'뭐야. 내가 늘 쓰는 말이잖아. 내 또래들도 많이 쓰고. 내가 이 말을 쓸 때 불쾌한 건가? 난 의식 못 했는데. 말도 안 돼.'

쓰레기로 수집된 언어는 아주 입에 담기 어렵고 혐오스러운 과격한 말이거나 보통 사람들은 평소에 만나기도 어려운 아주 거친 인생을 사는 사람들이 쓰는 말일 거라고 막연히 생각했다. 그런데 내가 늘 쓰고 있는 말이 쓰레기 언어로 나오니 당황스러웠다. 그럼 결국 내가 쓰레기 언어 유발자란 말인가? 부끄럽기도 하고 무안하기도 했다. 그 정도야 요즘 누구나 다 일상적으로 쓰는 말 아닌가. 기분이 썩 좋지는 않았다. 아니, 나빴다. 안내로봇은 내가 처음 만날 때부터 그 말을 쓸 땐 아무 반응도 없더니 이렇게 나를 제대로 한방 먹이나 싶었다.

"설마 저 로봇 내가 한 말을 다 알아듣고 있었던 거 아니야? 하필이면 왜 내가 자주 쓰는 말을 예로 든 거야?"

그때부터 나는 내가 말을 할 때 사람의 얼굴을 살피듯 로봇을 살펴봤다. 하지만 로봇은 한결같은 억양으로 설명을 이어갔다.

"그래. 아닐 거야. 알아듣는다면 처음에 안내를 했겠지."

나는 다시 마음을 놓고 로봇의 말에 귀를 기울였다.

"이 기기는 세 가지 기능이 탑재되어 있습니다. 첫째는 공기 중에 흩어지는 감정을 정교하게 측정하는 기능입니다. 두 번째는 먼지를 빨아들이는 청소기처럼 쓰레기로 판단된 언어를 흡수하는 필터 기능입니다. 세 번째는 필터가 빨아들인 언어를 상쇄하는 노이즈 캔슬링 파동이 나가는 기능입니다. 이것은 설치된 장소의 주변에 있는 사람들의 감정을 계속 측정하고 모니터링합니다. 그러다 불쾌한 감정의 강도가 높아지면 원인이 된 단어를 흡수하여 필터에 걸러내고 그 단어를 상쇄하는 파동을 내보냅니다. 즉 누군가가 주변 사람들을 불쾌하게 만드는 단어를 말하게 되면, 기기 속으로 그 말이 흡수되어 그 장소에서는 들리지 않게 됩니다. 한마디로 쓰레기 언어를 묵음으로 만드는 기기입니다.”

안내로봇이 설명을 하는 도중에 언어청정기의 센서에 진하게 붉은 빛이 돌더니 필터가 숨을 쉬듯 부풀어 오르다가 다시 가라앉았다. 그리고 아주 잠깐 내 귀에 ‘삐~’ 하는 이명 현상이 나타났다 사라졌다.

“느끼셨는지 모르겠지만 지금 막 쓰레기로 판단된 언어가 필터에 걸러지는 시뮬레이션을 했습니다. 언어를 상쇄하는 노이즈 캔슬링 파동이 나가는 과정에서 민감하신 분들은 이명현상을 느끼기도 합니다. 흡수된 언어는 다시 분류과정을 거쳐 도서관의 분류기준에 따라 기록이 됩니다. 세 번째 열람실에 가시게 되면 지금까지 흡수된 쓰레기 언어들을 볼 수 있습니다.”

로봇은 안내를 계속했다. 흥미롭기는 했지만 일방적인 설명만 들어서인지 나는 점점 더 피곤해졌다.

“야! 멍청아! 너 하고 싶은 말만 하면 되냐? 나도 궁금한 게 많다고. 질문은 못 하는 거냐?”

답답함에 혼자 중얼거린 말이 끝나기가 무섭게 안내로봇이 말했다.

"이제 다음에 들르게 될 두 번째 열람실에서는 여러분의 궁금증을 해결해줄 연구원님을 만납니다. 연구원님과의 화상미팅이 끝나면 남은 시간에는 세 번째 열람실을 자유롭게 둘러보시면 됩니다아아아앙."

로봇의 말끝이 고장 난 라디오처럼 어색하게 끊겼다. 그리고 로봇은 아주 빠르게 어디론가 사라졌다.

"뭐야. 진짜 내 말을 알아듣는 거야? 그런데 왜 어디에도 로봇이 말을 알아듣는다는 안내가 없었지? 그리고 이렇게 갑자기 끝내고 자기 혼자 어디로 가는 거야?"

로봇이 내 말을 알아듣고 있을지 모른다는 의심을 끝까지 확인할 수는 없었다. 만약 로봇이 사람처럼 내 말을 알아들었다면 괜히 구박만 한 것 같아 미안했다. 갑질도 그런 갑질이 없는데… 옆에서 계속 떠들 땐 피곤하더니 그 음성이 갑자기 사라지니 또 섭섭했다. 한편으론 만약 로봇이 나의 말을 알아듣는다면 왜 그 부분에 대한 안내가 없었는지 의아했다. 사회적 가면을 쓸 기회를 주지 않고 민낯을 드러낸 것 같아 언짢았다. 후기에 이 불쾌함을 꼭 남겨야겠다고 생각했다. 찜찜한 기분을 안고 연구원과 화상미팅을 할 수 있는 다음 열람실로 들어섰다.

"안녕하세요?"

열람실에 들어서자마자 기다렸다는 듯이 연구소 유니폼을 입은 사람이 화면에 나타났다.

"네. 안녕하세요."

로봇한테 한결같이 거친 말로 응대했던 나는 화면 속 사람에게 예의 바르게 답했다.

"어때요? 재미있어요?"

연구원은 환한 미소를 지으며 나에게 물었다.

"네. 이런 것을 만들다니 너무 신기해요."

상대방이 듣기 좋을 모범적인 답안을 말했다.

"얼굴처럼 고운 말만 사용하실 것 같아요."

"그러려고 노력하고 있습니다."

나는 말했다. 속으로 많이 뜨끔했다. 혹시 로봇이 등장해서 비웃을까봐 주변을 흘끔 봤다.

"궁금한 게 있으면 무엇이든 물어보는 시간입니다. 질문이 있나요?"

연구원이 말했다.

"세상에는 수많은 언어가 있잖아요. 그 모든 언어를 정화시킬 수 있는 건가요?"

나는 미리 준비해온 첫 번째 질문을 나긋나긋한 목소리로 말했다. 이곳을 다녀간 인증샷과 후기를 올릴 때 나름 지적

(知的)으로 보이는 질문들로 엄선했다.

"좋은 질문입니다. 하지만 솔직히 말씀드리자면 불가능할 것 같아요. 저희가 최선을 다하고 있지만 지금 이만큼 성과를 이룬 것도 쉽지 않았거든요. 현재는 영어, 스페인어, 중국어, 한국어 정도를 지원하고 있어요. 하지만 그 역시 완벽하지 않아 계속 업데이트 중이지요."

연구원은 진지하게 답을 해줬다.

"언어 청정 3 in 1 시스템은 주로 어떤 곳에 설치가 되어 있나요?"

나는 두 번째 질문을 했다.

"개인적으로 설치하려면 꽤 높은 비용이 들기 때문에 현재는 주로 민원업무를 담당하는 공공기관, 서비스센터에 설치되어 있어요. 최근에는 초·중·고등학교에서도 원하는 곳이 늘어나고 있습니다. 개인 구매는 대부분 이 언어연구소를 후원해주는 분들이세요. 연구소 후원인 가운데 편의점을 운영하는 사장님이 계신데 야간에 거친 손님을 상대해야 하는 직원들을 위해 구입하셨죠."

후원인으로 가입하라는 뜻인가? 회비가 궁금해졌다. 먼저 살펴본 자료에서는 없었던 정보였다. 좀 더 조사해서 온라인 친구들에게 알려주면 좋을 것 같았다. 이어서 나는 세 번째 질문을 했다.

"연구원님이 생각하시기에 언어청정기가 설치되면 좋은 곳은 어디인가요?"

"개인적인 생각으로는…"

연구원은 잠시 고민하다가 답변을 이어갔다.

"요즘은 세대별로 사용하는 언어가 많이 다르잖아요. 같은 단어라도 느끼는 강도가 달라서 오해가 생기고 그로 인한 갈등이 많고요. 세대가 다른 사람들이 함께 모인 장소에 설치하면 좋을 것 같아요. 또 직업 특성상 익명으로 대화가 이루어지는 곳에 설치한다면 혹시 일어날 갈등을 미연에 방지할 수 있지 않을까 하는 생각도 드네요."

대화를 나누다 보니 나도 꽤 많은 질문을 품고 있었다. 마지막에는 조금은 부정적인 뉘앙스를 담아 질문을 했다.

"그런데 언어청정기는 작동이 잘 되고 있는 게 맞나요?"

내가 이곳을 들어와서 외친 '씨발'만 몇 번인데도 여전히 내가 그 말을 사용하고 있다는 사실에 근거해서 던진 질문이었다.

"하하하. 저희에게 가장 많이 들어오는 민원이에요. 이 장소에서는 흡수된 단어가 저 장소에서는 흡수되지 않았으니 고장이 아니냐고 신고하시는 경우가 많아요. 현재는 1단계 감정 센서의 결과가 쓰레기 언어를 판단하는 중요한 근거가 되기 때문에 주변에 반응이 없으면 같은 단어라도 쓰레기로 분류되지 않아서 생기는 오해입니다. 가만 생각해보면 친구들끼리 있을 땐 거친 말이 아니지만 잘 모르는 사람들이 들을 땐 불쾌한 말이 있잖아요. 그런 경우가 해당합니다. 그래서 최근엔 다음 단계를 준비하고 있어요. 일단 이 도서관에 수집된 자료들을 데이터베이스로 구축하여 그런 말이 나오면 주변반응과 상관없이 사라지게 하는 기계를 만들어 시험 가동할 준비를 하고 있습니다. 설치는 이미 되어 있어요. 다만 지금은 이 기기에 대한 필요성을 두고 의견을 수렴하며 테스트를 하는 단계에 있지요. 안정화되면 네 번째 열람실에서 보시게 될 겁니다. 우리끼리는 애칭으로 '언어공주'라고 불러요. 인어공주는 목소리 전체를 잃었지만 저희는 그 사람이 내뱉는 특정 말만 사라지게 합니다."

연구원은 눈을 찡긋거리며 말했다.

"흥미롭네요. 만약 그런 게 있다면 저도 해보고 싶어요."

습관적으로 나오는 거친 단어를 쏙쏙 뽑아주는 기계는 언어습관만 고치면 모든 게 완벽한 나에게 최적화된 기계였다. 있다면 한번 해보는 것도 나쁠 게 없다는 생각이 들었다.

"아쉽지만 시간이 다 되었네요."

화면 속 연구원은 손목시계를 흘끔 보며 말했다.

"관심 감사해요. 세상 곳곳에서 아름다운 언어를 위해 공감해주시는 분들의 응원으로 우리는 힘을 내거든요. 좋은 질

문 감사합니다. 혹시 우리 연구소를 후원하고 계신가요? 앞
으로도 연구소에 관심과 후원을 보내주시면 우리의 언어가
아름답게 성장해갈 수 있을 거예요."

　연구원은 양손을 흔들어 인사를 하며 후원인으로 꼭 가입
하라는 부담을 주고 사라졌다. 또다시 혼자 남겨진 나는 열
람시간을 확인했다. 생각보다 남은 시간이 적었다. 서둘러
세 번째 열람실로 들어섰다. 열람실엔 사람들이 쓰레기라고
느낀 단어들이 차곡차곡 수집되어 있었다. 아까도 놀랐지만
내가 쓰는 말 중에도 적지 않은 쓰레기들이 섞여 있음을 확
인할 수 있었다. 할 때는 몰랐는데 들어보니 감정이 상하는
말들, 내가 어디선가 들었고 기분 나빠했던 많은 쓰레기 단
어들이 있었다. 쓰레기 수거장에서 나는 악취는 없었지만 쓰
레기 단어들은 내 뇌에 불쾌함을 주고 있었다. 찡그러진 미
간이 그것을 확인시켜 주었다.

　"시간이 얼마 안 남았네. 강제 퇴실 전에 얼른 이동해야겠
다."

　남은 시간을 핑계 삼아 세 번째 열람실을 벗어나려 했다.
나름 거친 언어 습관을 가진 나도 이 열람실을 힘들어하다니
스스로 의외란 생각이 들었다.

　"아! 참! 인증사진 하나 찍기 진짜 어렵네."

　어디서나 사진촬영이 허락되었다면 이렇게 자세하게 설

명을 듣지도 않고, 질문에 참여도 하지 않고, 사진만 찍고 벌써 이곳을 빠져나갔을 것이다. 결국 사진 하나 얻겠다고 정성을 다하는 내 모습이 우습기도 했다.

"이제 드디어 사진을 찍을 수 있는 건가!"

냉면을 먹을 때 계란을 아껴두었다가 마지막에 입속에 넣을 때의 기분이었다. 온라인 친구들의 '좋아요'를 받을 생각에 한껏 가벼워진 발걸음으로 촬영 스튜디오로 향하는 순간 '보수 중'이라는 안내판이 세워진 네 번째 열람실이 눈에 들어왔다.

'뭐야. 뭐 이리 허술해. 잠그지도 않았네?'

마음만 먹으면 쉽게 들어갈 수 있을 만큼 네 번째 열람실의 보안은 허술했다.

'저기에 그 인어공주, 아니 언어공주가 설치되어 있는 건가?'

고개만 쭈욱 빼서 안을 들여다보려다 그냥 지나쳤다. 그런데 출구를 걸어나가며 생각해보니 한번 나가면 이곳에 다시 올 것 같지 않았다. 그냥 나가자니 미련이 생겼다. 입구의 보안도 허술하고 무엇보다 보는 사람도 없었다. 지금까지 살펴본 열람실처럼 특별히 아무 데도 손만 대지 않으면 위험할 일은 없을 것 같았다. 무엇보다 새로 만들어진 기계가 어떤 모습일지 궁금했다. 이러저러한 이유들이 머릿속에 맴돌더니 걸어나가던 걸음의 방향을 돌렸다. 어느새 나는 네 번째 열람실에 조심스럽게 들어서고 있었다. "보수 중"이라는 말대로 네 번째 열람실은 이전 열람실들과 달리 정돈되어 있지 않았다. 작업을 하다가 던져놓은 장갑, 도구, 책, 서류들이 널브러져 있었다. 그 복잡한 가운데서 아름다운 불빛을 내는 물건이 보였다.

'존나 멋지네. 저건가 보지?'

혹시나 소리를 내면 기계가 반응할까봐 모든 말은 속으로 삼켰다. 눈에 넣는 것으로 만족하고 서둘러 뒤돌아 나오려다 바닥에 놓여 있는 책을 미처 보지 못하고 밟았다. 표지에 내 뾰족한 발자국이 덩그러니 찍혔다.

'에이 씨.'

그냥 나오려다 책을 집어 들고 털었다. 책이라기보다는 거칠게 제본된 자료집이었다. 누군가 써놓은 메모가 있었다.

쓰레기 언어를 분류하던 과정에서 우연히 수집된 자료로 향후 연구에 쓰일 수 있을 가능성을 고려하여 날것 그대로 기록해둠.

자료집을 대충 넘기면서 살펴보니 별다른 내용 없이 익히 들어 알고 있는 유명인들의 이름을 비롯하여 사람들 이름과 사는 곳, 직업이 쭉 나열되어 있었다.

'뭐야. 개인정보야?'

그들의 공통점이 뭘까 생각하며 대수롭지 않게 살펴보는데 마지막 페이지에 적힌 구절이 눈에 들어왔다.

이 명단은 쓰레기 언어를 조사하는 과정에서 쓰레기라는 단어와 같은 뜻으로 사용된 사람들의 이름임. 조사 대상자들에게 이 사람들은 결국 쓰레기로 인식됨. 이 사람들이 이곳을 방문할 시 그들의 말은 모두 흡수하는 것으로 현재 프로그래밍되어 있어 위험하다는 판단 하에 보류 중임.

나는 봐서는 안 되는 것을 본 듯 눈이 커졌다.

'설마.'

조마조마한 마음으로 내 이름도 찾아봤다. 사는 곳과 직업도 일치한 내 이름이 있었다.

"뭐야. 씨발. 내 이름도 있어?"

자료집에서 내 이름을 발견한 순간 놀라서 거친 말이 튀어나왔다.

"위-이-잉."

그때 도서관 안의 언어공주가 작동하였다. 그와 동시에 네 번째 열람실 밖에선 아까 갑자기 사라진 안내로봇이 돌아와 혼자 뭔가를 말하고 있었다.

"충전 문제로 중요한 안내 사항이 끝까지 재생되지 않았기에 다시 돌아와 알려드립니다. 네 번째 열람실은 현재 새롭게 설치한 장비에서 위험성이 발견되어 관계자들이 드나들어야 하는 관계로 잠시 열려 있습니다. 혹여 아름다운 언어를 사용하지 않는 언어습관을 가진 분들에겐 목소리를 잃을 수도 있는 위험한 상황이 생길 수 있으므로 절대로 네 번째 열람실은 들어가지 마십시오. 그럼 모쪼록 쾌적한 관람이 되길 바랍니다."

로봇은 남은 멘트를 빈 열람실에 외치고 유유히 사라졌다.

☆

배경인

"타르르르 타르르르."

오늘따라 컨디션이 좋은지 햄스터는 쳇바퀴를 계속 돌렸다.

"갔다 올게. 이 녀석! 열심히 돌려봐라. 그래 봤자 제자리야."

오늘따라 내 말을 알아들은 듯 햄스터는 그 자리에서 멈춰서 나를 째려봤다.

행사 마지막 날, 마감 시간이 지나고 방문객들이 썰물처럼 빠져나갔다. 어린이를 대상으로 한 부스에서 체험 안내 아르바이트를 마친 후 나는 영혼까지 탈탈 털린 상태였다. 하지만 다른 일에 비해 보수가 높다는 기대로 피곤함을 계속 마취해왔기에 마감 시간까지 버텨낼 수 있었다.

'이제 곧 끝나. 고지가 다 왔어. 힘내자.'

속으로 혼잣말을 되뇌며 몸을 겨우 추스른 후 마지막 뒷정리를 위해 빗자루를 들었다. 체험 부스 바닥엔 아이들이 좋아하는 캐릭터만 동그랗게 뜯겨져 나간 스티커 종이들이 여기저기 떨어져 있었다.

"아깝다…"

허리를 굽혀 맥없이 버려진 스티커 종이를 쓸어 모은 후 더미를 물끄러미 바라봤다.

"쳇. 나 같군."

주인공만 쏙 빠져나간 스티커의 남겨진 부분이 행사에 참여한 손님들이 빠져간 자리에 덩그러니 남은 나처럼 느껴졌다. 알갱이가 떨어져나간 곡물 쭉정이 같았다. 그냥 쓸어 담아 버리려니 나를 버리는 것 같아 머뭇거려졌다.

'쓸모를 더 찾을 수 없을까? 남은 부분을 잘 자르면 테이프처럼 게시판에 종이를 붙일 때 쓸 수도 있을 것 같은데.'

이리저리 돌려봤다. 그때 어깨 뒤에서 누군가의 말소리가 들렸다.

"조잡하게 만들어서 쓰레기 더 만들지 말고 그냥 깔끔하게 버려."

함께 일했던 아르바이트 동료의 냉정한 말은 내 머리 위로 갑자기 떠오른 아이디어의 풍선을 여지없이 터뜨렸다.

"그래. 잠깐의 상상마저도 내 처지엔 사치겠지."

빗자루로 쓸어 모아놓은 스티커 종이 더미에 조물락거리

던 스티커 껍질을 던졌다. 하지만 손가락에 붙어 잘 떨어지지 않았다. 손을 여러 번 강하게 흔들고 나서야 겨우 떨어졌다.

"뭐 하나 궁상맞지 않은 게 없네."

손에 묻은 끈적한 촉감은 옷에 적당히 닦았다. 그럭저럭 마무리를 하고 STAFF라고 적힌 목걸이를 반납하면서 돈을 받았다.

"아싸!"

이 돈은 아주 잠깐만 나에게 머물 것이다. 이미 학비대출로 써서 은행에 들어가는 순간 곧 빠져나갈 테니까. 하지만 그걸 알면서도 돈을 받는 이 순간만큼은 행복하다. 그 기분을 조금이라도 느끼려고 일부러 통장 계좌로 받지 않고 직접 받았다. 혹시나 잃어버릴까 소중하게 왼쪽 안주머니에 품고 전시장을 걸어 나왔다. 전시장 주변을 나와 지하철로 이어지는 지하에는 화려한 쇼핑 가게가 즐비했다. 그곳을 따라 걸어 나오니 나도 모르게 돈이 있는 위치를 더 꽉 잡게 되었다. 이 돈이 충동적으로 빠져나가지 않도록 하기 위한 무의식적인 방어였다.

'언제쯤 마음 편히 나만을 위한 사치에 죄의식 없이 돈을 쓸 수 있을까?'

움켜쥔 것은 돈인지 내 공허한 마음인지 헷갈렸다. 이제 자기 밥값 정도는 벌어야 하는 게 아닐까, 철 든 생각을 하던 때부터 모든 선택의 기준은 돈의 효율이었다. 물건 하나 선택할 때도 더 싼 곳이 없는지 가격을 검색하고, 하고 싶은 게 있어도 기회비용만 따졌다. 물건을 사기도 전에 지쳤고 돈이 부족하면 하고 싶었던 일을 시도하기 전에 마음부터 접었다.

'차라리 아무것도 모르고 저질렀던 어린 시절처럼 이기적으로 살면 어떨까?'

아무것도 모르는 척 부모님께 손을 벌릴 생각도 해봤지만 어느 날 샘플 화장품만 잔뜩 놓여 있는 엄마의 화장대를 본 후 마음을 다잡았다. '돈 없는 것도 억울한데 내 멘탈까지 가난해질 수는 없지. 큰 효도는 못 할망정 내 밥은 내가 거둬야지.'

다시 마음을 가다듬었다. 무표정한 얼굴로 늘 가던 길을 따라 지하철 스크린도어 앞에 섰다. 스크린도어는 나의 전신을 보는 데 좋은 거울이다. 아직도 돈을 움켜쥐고 있는 모습이 도어문에 비쳤다.

'뭐야. 여기에 돈이 있다고 광고를 하고 다녔구나.'

진지한 척은 혼자 다 하면서 정작 허당스러운 모습을 보니 헛웃음이 나왔다. 팔을 자연스럽게 내렸다. 그리고 스크린도어에 비친 내 얼굴을 봤다.

'어후. 내 얼굴 왜 저래?'

일을 마친 얼굴이지만 신성하게 보이지 않았다. 내 얼굴이지만 무안했다. 난 시선을 곧 다른 곳으로 돌려버렸다. 내가 가장 괜찮아 보이는 순간, 그 얼굴을 기억하고 있기에 땀과 먼지로 범벅이 되어 있는, 신선하지 않은 얼굴을 보는 것은 상당히 불편했다. 확실히 퇴근길 지하철에서 생기는 로맨스는 하루가 끝난 상태에도 뽀송뽀송함을 유지하는 드라마의 주인공 배우에게나 가능한 일 같다. 로맨스는 부자의 특권이라고 하지 않던가? 고등학교 때 의무감에 본 세계문학전집의 한 구절이 떠올랐다.[*]

'아무리 그래도 그렇지. 나 너무 막하고 다니는 거 아니야? 왜 이리 꾀죄죄하지?'

한창 꾸밀 나이에 너무 궁상맞게 하고 다닌다는 생각이 지워지지 않자, 자꾸 돈이 있는 곳으로 손이 갔다.

'쇼핑 좀 할까?'

내 얼굴이 나의 충동구매를 자극할 줄이야. 적은 늘 가까이에 있었다. 다시 계단을 올라가 쇼핑하러 갈 힘이 남아 있지 않아 다행히 돈은 그대로 머물 수 있었다. 적절한 타이밍에 지하철 열차가 도착했다. 열차 안으로 들어서며 자리에 연연하지 않는 도도한 표정을 지으며 재빠르게 빈자리 탐색

* 오스카 와일드 단편 〈모범적인 백만장자〉

을 마쳤다. 늦은 시각이라 사람이 그다지 많지 않았다. 또 한 번의 '아싸~'를 속으로 외쳤다. 앉아 있으면 제 할 일을 안 하는 것처럼 보이기에 하루 종일 서 있었다. 자리에 앉을 수 있는 이 순간이 감사했다. 다시 일어나라고 하면 못 일어날 것처럼 의자와 내 몸은 하나가 되었다. 자리에 등을 기댔다. 밤에는 실내 불빛이 더 강해서 밖이 보이지 않았다. 자연스럽게 마주보게 되는 건너편 창엔 또 내가 있었다. 창에 비쳐 있는 피곤에 찌들 대로 찌든 모습이 계속 나를 쫓아다녔다. '정말 보기 싫은데…' 시선을 선반 위 광고로 피하고 지하철의 적당한 바운스에 몸을 맡겼다.

'나도 잘나가던 시절이 있었나?'

나는 나름 잘나간 시절이라고 생각되는 시절을 떠올려보았다. 형체 없이 스쳐 지나가는 바깥 풍경처럼 세상 사는 게 바빠 기억에서 뭉개져 있었던 학창시절의 기억들이 올라왔다. 그리고 나의 생활기록부에 한 번도 빠지지 않았던 문장이 떠올랐다.

'학교규칙을 준수하고 용의 복장이 단정함.'

피식 웃음이 났다.

'맞아. 그랬었지.'

학교 다닐 때 그 문장을 봤을 땐 학교를 소재로 한 청소년 드라마에 등장하는 반장 이미지가 떠올라 기분이 좋았다. 무엇보다 내가 좋아했던 담임선생님이 나를 그렇게 생각해주신다니 기뻤다. 하지만 시간이 흘러 다시 떠올리니 이렇게 읽힌다.

'무엇이든 시키는 대로 잘 따르고 성실하며 특별히 누구에게 모나게 행동하지도 않으나 딱히 기억에 남지 않는 학생임.'

나름대로 치열한 하루하루를 보낸 학창시절이었지만 전체 속에서는 크게 중요하지 않은 존재임을 의미한 문장일지도 모른다는 생각이 들었다. 어쩌면 난 내 의견도 없었고 개성도 없고 힘들게 한 일도 없어서 선생님들의 머릿속엔 남겨진 스티커 껍질처럼 배경인에 불과하지 않았을까? 자꾸 오늘 내가 쓸어버린 스티커 종이들이 떠올랐다.

'그렇지 뭐.'

사회에 나와서 내가 느낀 건 열심히 산다고 잘 살게 되는 건 아니라는 거다. 자신 있게 배운 거라곤 서로 이해할 수 없는 상대와 충돌 없이 지내기 위해 내 감정을 드러내지 않는 조용한 체념뿐이었다. 이렇게 힘들 날엔 아버지가 떠올랐다.

회사의 조직개편으로 평생 자부심을 갖고 일하던 부서가 도려내지면서 덩그러니 혼자 남겨진 아버지. 도려내고 남겨진 빈자리를 붙잡을 수밖에 없는 가장의 책임감은 금요일 저녁 아버지를 로또 판매점으로 이끌었다. 늦은 밤 일을 마치고 오다가 로또 판매점 앞에서 혼자 술을 마시고 계시는 아버지를 우연히 만나 술동무를 해드리던 날, 항상 열심히 살지만 더 나아지는 것은 느끼지 못하고 늘 제자리를 도는 것 같다고 말씀하셨다. 술이 아니면 듣지 못했을 아버지의 이야기, 그날 그 말만 생각하면 가슴이 먹먹해진다.

'내가 아직 덜 지쳤구나. 이런저런 상념이 떠오르는 걸 보니.'

다시 눈을 지그시 감고 지하철의 바운스에 몸을 맡겼다. "타르르르 타르르르." 오늘따라 내가 탄 지하철 가는 소리는 햄스터의 쳇바퀴 소리처럼 들렸다. 반은 잠을 자고 반은 내려야 할 역의 안내방송을 들으려 안간힘을 쓰던 나는 어느새 집에 들어서서 불을 켜고 있었다. 혼자 집에 있을 땐 아무것도 안 하던 햄스터가 오늘따라 웬일로 어둠 속에서도 혼자 열심히 쳇바퀴를 돌리고 있었다.

"타르르르 타르르르."

"갔다 왔니? 주인아? 열심히 살아봐라. 그래 봤자 제자리야."

　오늘따라 햄스터 말을 알아들은 나는 그 자리에서 멈춰 햄스터를 째려봤다.

마지막 인사

오랜만에 본가로 왔다. 몇 년간 취준생으로 지내다 회사에 들어갔다. 이번에 집에 올 땐 직장인이 되어왔다. 그 신분을 얻기 위해, 불확실한 미래를 구체화하기 위해 성실이라는 덕목에 기대어 놀지도 못했다. 연말연시를 편의점 즉석밥으로 전전하며 보냈다. 공부보다 힘들었던 건 남들 놀 때 놀지 못한다는 상대적 박탈감과의 싸움이었다. 명절을 챙길 수 있는 아주 소박한 여유를 다시 갖게 되어 감사하다. 그러나, 확실히 말할 수 있는 건 내가 성실해서 취직을 한 게 아니라는 거다. 성실하지만 취직을 하지 못한 사람들이 더 많다. 난 그저 운이 좋았을 뿐이다.

움츠렸던 기간이 너무 길어서일까? 첫 월급을 받았는데도 아직 실감이 나지 않아 자다가도 벌떡 일어난다. 지금 내가 직장을 얻은 게 맞는지, 책상과 씨름하지 않고 이렇게 가족들과 함께 연휴를 즐겨도 되는지, 문득문득 확인을 하게 된다. '괜찮은 거 맞지?' 아주 오랜만에 파안대소를 하시는 부모님을 뵈니 맞는 것 같긴 하다. '언제 저렇게 세월이 흘러버렸지?' 내 일에 치여 누구를 볼 여유가 없었는데 부모님과 많이 닮은 할머니 할아버지가 앉아계신 것 같았다. 마음 한구석이 시큰하다.

한참 동안 안부를 묻고 인사를 나누었다. 엄마는 취직한 아들이 사온 선물을 자랑하신다고 이웃 아주머니들을 만나러 가셨다. 짐을 풀기 위해 내 방으로 들어왔다.

'많이 기다렸지?'

내 방은 뿌듯하게 나를 맞았다. 나를 자기가 마치 키운 양. 크지 않은 내 방은 조용하고 한결같다. 이 방에 밴 내 냄새조차도. 대학생이 되어 서울로 유학을 떠난 후 본가 내 방엔 그래도 일 년에 한두 번 정도는 왔었다. 하지만 대학을 졸업하고 취업을 다부지게 준비해야 할 땐 일 년에 한 번 오는 것조차도 사치로 여겨지고 눈치가 보여 못 올 때도 있었다. 누가 뭐라 한 사람은 없었지만 눈치는 내가 스스로 내 마음에 심는 방어의 가시였다.

본가 내 방에 들어서면 과거에 올라탄 기분이 든다. 마음이 편안하고 순수해진다. 서랍을 열어 물건을 꺼내 보는 것은 미래로 향하는 힘이 강한 일상의 기차를 과거의 방향으로 돌리는 나만의 의식이다. 새로운 것이 없다는 걸 뻔히 알면서도 오늘도 서랍을 하나하나 열었다. 첫 번째 서랍을 열자 각종 신분증, 카드들이 있다. 중학교 때 학생증에서부터 각종 포인트 카드, 학원카드, 취직에 도움이 될까 따두었던 자격증 카드, 누군지 기억도 나지 않는 명함들이 있다. 내 신분 상승의 과정을 보는 것 같다. 아니, 꼭 상승은 아닐 수도 있다. 그저 어디에 소속되지 않으면 생기는 불안함을 막기 위한 방패라고 생각하면 될 것 같다. 꼬질꼬질해지고 이제는 쓰지 않을 것들임에도 선뜻 버리지 못하는 이유를 계속 찾고 있는 중이다.

두 번째 서랍을 열자 이미 폐기된 통장들이 잔뜩 있다. 어릴 적부터 저축했던 통장은 대학교 등록금 낼 때 다 털었고 대학 때 모은 아르바이트비는 통장에 머물기가 무섭게 방값, 책값, 식비로 나갔다. 혹시나 남은 돈이 있는 통장은 없을까? 그 확인은 이미 취준생일 때 끝냈다. 과거의 통장들이 나에게 알려준 것은 어른이 될수록 돈이 통장에 머무는 시간은 짧아진다는 진리다. 월급은 그저 잠깐 내 통장으로 스쳐서 카드회사로 가는 것임을 깨닫고 있다. 그럼에도 이 과거 내 돈의 기록에 무슨 미련이 있었을까? 지금이라도 버릴까? 하다 또다시 넣어둔다.

마지막 서랍을 열자 내 손때가 가장 많이 묻은 나를 거쳐간 핸드폰들이 나왔다. 올 때마다 알코올로 소독은 하지만 나의 대장균이 가장 많이 머물고 있었을 장소. 생명이 있는 반려견도 아닐진대 핸드폰을 바꿀 때마다 정든 아이들을 버리는 것 같아 쌓아둔 것이 벌써 서랍 하나를 가득 채웠다. 무료로 바꿀 수 있는 조건으로 기종을 이쪽저쪽으로 바꿔서 충전 잭도 모두 다르다. 핸드폰 박물관을 보고 있는 것 같다. 안쓰는 핸드폰을 주면 보상을 해주는 곳도 있다던데 그러고 싶지는 않았다. 기계와의 정도 끊을 수 없는 난 트리플 A형이다. '어이구. 아기들 잘 있었어?' 아무도 못 보는 나만의 애교를 다 죽어간 핸드폰에 하다니. 부끄러운 생각이 들어 손에 힘이 더해져 의도하지 않게 서랍이 강하게 닫혔다. "딱!"

마지막 서랍을 닫는 것으로 나 혼자의 의식을 마치려는 순간 갑자기 그녀가 떠올랐다. 아무 맥락 없이. 사실 처음은 아니다. 취업을 준비한다고 마음을 다잡을 때도 그랬다. 스멀스멀 올라왔다. 그녀는 꽉꽉 눌러도 다시 튀어나왔다. 그럼 나는 다시 눌렀다.

군대를 다녀오면 모든 여자가 예쁘게 보인다던 말을 내 기준에서는 동의할 수 없었던 그때. 군대 가기 전 빵구 난 학점을 때우려는 재수강에서 그녀를 만났다. 그녀는 과제로 맺어진 팀원이었다. 밝은 미소를 머금은 그녀의 얼굴 뒤로 비친 후광이 눈부셨다. "딩!" 난 그때 분명 종소리를 들었다. 하지만 치근대는 복학생이라는 소리를 들을까봐 늘 시크하게 그녀를 대했다. 내 무관심한 모습에 그녀도 무장을 해제했는지 다른 남자들보단 나를 편하게 대했다. 솔직히 말하면 내가 그렇게 무심한 척 대해도 나를 이성으로 좋아해주었으면 하는 상상의 시나리오를 늘 그렸다. 하지만 그런 일은 일어나지 않았다. 우리 엄마 말만 믿고 내가 세상에서 제일 매력적인 남자로 생각하고 있었는데 현실 자각이 왔다. 자존심에 조금 균열이 갔지만 한가한 연애 놀음은 신성한 취업을 하는 데 도움이 되지 않을 거라는 철벽으로 애써 나를 보호했다. 애초에 시작도 말자 다짐하며 저절로 열리는 마음을 강제로 닫기 위해 난 수행에 가까운 노력을 해야 했다. 그때까지도 난 이성으로 감성을 지배할 수 있다고 오만하게 생각했다. 결론적으로 말하면 실패다. 그녀와 연락이 닿지 않은 지 몇 년이 지난 후에도 아무 맥락 없이 그녀가 떠오른다는 사실이 실패의 증거다.

그녀는 내가 이렇게 오랫동안 마음에 두고 있었다는 걸 상상이나 할까? 그녀가 궁금했다. 문자는 보통 보내고 답하는 한 쌍의 구성이 일반적이다. 하지만 정확히 기억하건대 난 그녀가 마지막으로 보낸 안부 문자에 대한 답을 보내지 않았다. 그러니 우리가 연락이 소원해진 원인은 일단 나라고 생각한다. 답을 보내지 않았다는 사실을 이렇게 오래 기억하고 있다는 걸 그녀는 알 길이 없다. 난 발송만 누르지 않았을 뿐 여전히 그녀를 향한 메시지를 생각한다. '취직을 명분으로 철벽을 에워쌌으니 명분은 없어졌잖아?' 그녀와 다시 연락해보고 싶은 자신을 설득하려 별별 논리를 다 대어본다. '어떻게 다시 연락을 할 수 있을까?' 그때 내 시선이 세 번째 서랍을 향했다.

"딱" 소리 나게 닫았던 세 번째 서랍을 열고 그녀와 만나던 시절 나의 핸드폰을 찾기 시작했다. '여기 어디에 번호가 있을 거야.'

지금 휴대폰에는 그녀의 연락처를 옮기지 않았다. 전화번호가 있으면 저절로 뜨는 SNS의 프로필을 보는 것만으로도 마음이 약해질 수 있으리란 판단에서였다. 독한 놈. 이 정도로 철저하게 이성(理性)을 발휘한 대가로 이성(異性)을 얻지는 못했지만 난 취직을 하게 된 거고.

'후회? 후회는 없다. 아니 후회는 없을까?'

이런저런 생각을 하며 폰을 뒤적였다.

'찾았다!'

잠시 옛 휴대폰에 진한 눈길을 보냈다. 하지만 이미 사용한 지 오래여서 전원이 켜질지도 의문이었다. 조심히 충전잭을 꽂고 심폐소생술을 해본다. 다행히 '디리링' 소리와 함께 전원이 들어왔다. '심봤다!'

아주 오랜만에 켜서 그런지 핸드폰도 정신을 빨리 차리지 못하고 어리벙벙했다. 아주 느리게 부팅을 마쳤다. 핸드폰은 '주인님 도대체 저를 왜 다시 부르셨습니까?'라고 천천히 말하는 듯했다.

인사는 해야겠지라는 생각에 입을 뗐다. "반가워." 그러고 나서 사진 갤러리를 봤다. 기억에 의하면 그녀 사진은 모두 지웠는데 혹시나 남은 사진이 있지 않을까 찾아봤지만 역시나 없었다. '치밀한 놈. 하나는 남겨두지.' 그래도 다행히 그녀의 번호는 남아 있었다. 번호만 바뀌지 않았다면 희망은 있다. 하지만 연락하지 않은 동안 그녀는 애인이 생겼을 수 있고 심지어 결혼을 했을지도 모른다. 전화를 선뜻 할 수는 없었다. 다행히 이 핸드폰은 전화가 안 된다. 충동적으로 바로 연결이 되었으면 뒷감당이 안 됐을 텐데. '맞아! SNS!' 난 재빨리 SNS로 방향을 전환했다. 로그인을 시도했다. 현재 사용하고 있는 단말기에서 로그아웃을 하고 다시 접속하겠냐는 메시지가 떴다. 현재는 일단 잊고 과거로 가겠냐고 확인하는 것 같았다. 난 주저 없이 '예'를 눌렀다. 과거 한때, 연락을 했던 사람들의 프로필 목록이 두루룩 떴다. 지금도 연락하는 친구들도 있었지만 전화번호가 바뀌었는지 내가 기억하는 얼굴과 다른 사람들이 있었다. 그럴 땐 내가 저장한 이름과 친구가 저장한 이름을 서로 확인했다. 잠깐 알고 지내

서 지금은 연락을 안 하지만 한번 뜬 프로필은 삭제되지 않
는 SNS의 특성상 목록에 남아 있는 사람들도 있었다. 제일
먼저 찾아보고 싶은 것은 그녀였지만 혹시나 사라졌으면 어
쩌지 하는 염려에 다른 친구들부터 돌아보며 슬며시 목록을
내려보았다. 그런데, 그녀는 어디 가지 않고 거기에 머물러
있었다. 내가 저장한 이름과 친구가 저장한 이름도 일치했
다. 내 심장은 빨리 뛰지 않았다. 오히려 차분해졌다. 호흡을
의식하며 숨을 컨트롤한 채 그냥 한참 물끄러미 봤다. '잘 있
었어요?' 나를 내려다보는 내 방도 같이 숨죽여 긴장하는 것
같았다. 그녀의 프로필을 눌렀다. 프로필 사진이 크게 화면
에 떴다.

　'이렇게 쉽게 다시 볼 수 있는걸.'
　내가 기억했던 그때 그 모습이었다. 상태 메시지에는 아무
것도 없었다. 프로필의 사진 목록을 눌러보니 사진도 한 장
뿐이었다. 물끄러미 사진을 보다가 메시지를 보내려 나와의
채팅창을 열어 '잘 지내요?'를 적다가 지웠다. '미쳤어. 뭐 하
자는 거냐.' 혼잣말을 했다. 그리고 다시 프로필 사진을 확대
해서 봤다. '연락해도 되지 않을까?' 머릿속 망설임을 결정하
기 전에 친구목록으로 다시 되돌렸다. 또 나와의 채팅창을
열었다가 다시 친구 목록으로 돌아가길 반복했다. 그런데 다
시 프로필을 확대해서 보려는 찰나! 갑자기 그녀의 프로필

사진이 바뀌었다.

"우어어어어억!" 난 너무 놀라 핸드폰을 떨어뜨렸다. 온몸에 전율이 흘렀다. '뭐야! 그녀도 지금 이걸 보고 있는 거야?' 달리 설명할 방법은 없었다. 텔레파시가 통했을까? 핸드폰을 다시 주위 돌려봤다. 확실히 새로운 사진으로 업데이트되었다. 그녀의 최근 사진으로 보였다. 이전과 다른 건 안경을 썼다는 것뿐 그녀의 미소는 여전했다.

'이건 운명이야.'

사랑은 이성을 마비시킨다더니 세상의 주인공이 나인 양 착각에 빠졌다. 운은 원래 한꺼번에 온다고 하던데 취직운에 이어 연애운을 믿어보기로 하고 용기를 내어 톡을 보냈다.

"안경을 썼네요?"

아주 오랜만에 보내는 안부치고 너무 심심했다.

'답이 올까? 안 오면 어쩔 수 없지. 그래도 이해해.'

혼자 북치고 장구를 쳤다.

"네. 시력 하나만큼은 자신이 있었는데 이렇게 쓰게 되네요. 어색해요?"

정말 놀랍게도 그녀에게 바로 답변이 왔다. 이렇게 쉽게 대화가 되다니 믿기 어려웠다.

"아니요. 잘 어울려요."

내 감정이 한번에 드러나지 않게 꾹꾹 담아서. 하지만 이젠 밀당을 할 때가 아니란 생각에 진심을 남겼다.

"안 쓰는 게 낫죠?"

이번엔 그녀가 나에게 물었다. 어제까지 대화를 나누던 사람처럼 자연스럽게. '혹시 내가 누군지 알고 그러나? 다른 사람이랑 착각하는 거 아닌가?' 궁금해졌다.

"그런데 제가 누구인지 아세요?"

먼저 문자를 보낸 게 누구인데, 말의 논리도 순서도 엉망진창이다. 존댓말을 해야 할지 반말을 해야 할지도 모르겠다.

"그럼요. 제가 얼마나 연락을 기다렸다고요. 그래 봤자 몇 년밖에 안 되었어요."

그녀의 문자는 어찌 이리 감당할 수 없을 만큼 솔직한지 조용한 내 방이 심장 소리로 가득 찼다.

'저를요? 저를 기다렸다고요?'

믿기지 않았다. 당장에 문자를 보내려다 '꼭 좋아하는 사이가 아니라도 오랜만의 안부면 그 정도 인사는 할 수 있지'란 보수적인 생각으로 나대는 심장을 최대한 억제했다. 그리고 다음 문자를 고민했다. 그녀도 나를 좋아했었다는 말을 듣고 싶었다. 취직도 하고 원하는 여자와도 사귀게 된다면 정말 난 운이 좋은 놈이다. 다음 문자를 고민하는 중 이번엔 먼저 그녀에게 문자가 왔다.

"제 눈이 왜 망가졌는지 아세요?"

'질문의 의도가 뭘까?' 아리송한 문자에 답할 길을 잃었다. 하지만 이미 한 번 답변을 안 했던 나는 아무것도 보내지 않으면 지난번처럼 연락이 끊길 것 같아 답을 바로 전했다.

"아무래도 컴퓨터 앞에서 일을 하는 시간이 많다 보니 저도 눈이 시려지더라고요."

대화가 끊길세라 문자를 이어갔지만 참 재미없는 답변이라 보내고 나서 내 머리를 쥐어박았다.

"어쩌면 누구 때문일 수도 있어요."

그녀가 문자를 보냈다.

"누구요?"

"네. 그 사람은 몰라요."

"누구 때문인데요?"

"음, 자다가 깨도 혹시 연락 왔을까란 생각에 스마트폰을 확인했거든요. 자고 일어나서 바로 스마트폰을 보는 게 눈에 정말 안 좋다던데. 그런데 전 그걸 몇 년을 했어요."

'그럼 그렇지. 역시 그녀도 좋아하는 사람이 생겼구나! 사랑하는 사람이 생기면 오글오글거려진다더니… 예전처럼 나를 그저 편한 선배로만 생각해서 미주알고주알 말하는 거였어!' 잔뜩 부푼 기대감에서 아쉬움으로 마음에 낙폭이 컸다. 그런데도 아직 그녀가 좋아하는 대상이 나였으면 좋겠다는 일말의 희망을 가져도 될까?

"SNS 프로필도 바뀌진 않았는지 눈 뜨면 제일 먼저 확인했어요. 그 사람은 알아주지 않았지만요."

그녀는 예전에도 나에게 좋아하던 사람의 이야기를 주저리주저리 해서 내 맘을 아프게 하더니 변한 게 하나도 없었다.

'이번에도 내 마음은 표현 한 번 못 해보겠구나!'

난 체념했다. 줄곧 이 광경을 지켜보던 내 방조차도 민망해서 고개를 돌리는 듯했다.

'혼자 자그만 유리판을 보고 흥분해서 날뛰다가 실망해서는 축 처지다가 대체 뭐 하는 거지?'

그러던 그때 또 하나의 문자가 왔다.

"왜 그때 답변 안 했어요?"

그 문자를 읽고 난 굳어버렸다. 그때라 함은 한여름 하늘에 구멍이 뚫린 듯 비가 줄곧 세차게 오던 날을 말한다. 내가 그녀에게 내 맘을 솔직히 이야기하려고 만날 구실을 만들고 약속을 했는데 그녀가 갑자기 급한 일이 생겨 약속을 지킬 수 없다고 했다. '다음에 만나면 되죠. 염려 마세요'라는 쿨한 대답을 두고 돌아올 때 그녀가 카페에서 다른 남자와 앉아 뭔가 진지한 이야기를 나누고 있는 것을 봤다. 혼자 쓸쓸히 우산을 썼지만 비는 다 맞은 채로 집으로 돌아왔다. 집에 도착하자 그녀에게 문자가 왔다. "잘 갔어요?"

'잘 온 걸까?' 집에 도착은 했는데 내 상태를 알 길이 없어

답변을 보낼 수 없었다. 그 이후로 난 그녀와 연락을 하지 않았다. 내 마음을 표현 안 하길 다행이라며 자존심을 세우고 마음의 철벽을 더 철저히 세우고 취업을 준비했었다.

"어쩌죠. 기억이 잘 나지 않아요."

마지막 자존심을 세웠다.

"하긴 오래되기도 했죠. 전 제가 약속을 깨뜨려서 너무 죄송해서 기억해요. 다시 한 번 정식으로 말씀드리고 싶어요. 그날 약속 깨서 미안해요."

그녀의 긴 문자를 보고 난 용기를 내어 문자를 보냈다.

"연휴 끝나고 혹시 한번 만날래요?"

잠시 숨을 고르고 전송 버튼을 눌렀다. 하지만 이번엔 그녀가 답변이 없었다. '잠깐 다른 일이 생겼나?' 폰을 들고 기다렸지만 답이 없었다. 다른 일을 하다가 다시 돌아와 봐도 답변이 없었다. '뭐지?' 접속을 위해 꽂아둔 충전 잭의 코드를 뺐다. 마지막 충전된 양이 닳아 저절로 꺼질 때까지도 답변은 없었다. '방금 뭐가 지나갔나?' 나 혼자 덩그러니 남겨졌다. 안 쓰던 내 과거폰과. 과거로의 짧은 접속은 현재로 이어지지 못했다.

3일간의 연휴를 보내고 다시 직장이 있는 또 다른 나의 방으로 가려고 터미널로 나갔다. 귀성객들 사이로 낯설지 않은

사람이 한 명 보였다. 과는 다르지만 같은 대학에 간 동창생
이었다. 그 친구의 학과는 정확히 기억나지 않았다.

"야! 진짜 오랜만이다! 이번에 고향 내려온 동창들 몇 명
만났는데 너도 온 줄 알았으면 같이 만날걸 그랬다. 소식 들
었어, 취직했다면서. 축하해."

친구는 나보다 먼저 사회생활을 시작했었다.

"부모님은 건강하시고? 푹 쉬었어?"

나도 의례적인 안부를 물었다.

"응, 그럭저럭. 도착한 첫날은 잘 알던 후배가 상을 당해서
거기 다녀왔고 이틀 정도 쉬었네."

친구가 말했다.

"후배?"

"응. 우리 대학 동아리 후배. 싹싹하고 예쁜 후배인데 몇
년 전에 희귀병 진단을 받고 얼마 살지 못한다고 했었어. '골
육종'이란 암이라던데 그게 일찍 알게 되면 완치율도 높다던
데 시기를 놓쳤었댔지 아마. 드라마에서 보던 일이 주변에서
일어나서 나도 당황했었지. 참 어디 못된 구석이라곤 없던
친구였는데 말이야. 맨날 나만 보면 자기가 좋아하는 선배가
있는데 어떻게 해야 하냐며 물었거든. 나랑 같은 학번이라고
해서 우리는 너무 들이대는 여자는 좋아하지 않는다고 편하
게 하다가 정드는 거라고 조언도 해줬는데 말이지. 자기 병

을 알고 나선 잘 안 된 것 같긴 하지만. 그걸 옆에서 볼 때 내 맘이 더 아프더라고. 그 친구가 이번에 먼저 세상을 떠났어."

"그렇구나. 너무 안타깝네. 고인의 명복을 빌어."

"응. 그래도 가끔 소식 들을 땐 건강해져서 괜찮나 보다 했는데 갑자기 운명했다고 소식을 들었어."

"저런…"

우리는 버스 시간을 확인하며 말없이 터미널 대기석에 앉았다. 친구는 시간을 보내기 위해 스마트폰을 만지작거렸다. 그러다 나를 툭 쳤다.

"그런데 있잖아. 이거 봐. 여기엔 아직 후배가 남아 있단 말이야. 살아 있는 사람처럼. 이제 곧 사라지겠지만."

친구는 SNS 프로필 목록을 보여주며 말했다. 그저 슬쩍 지나가면서 보여준 후배의 프로필을 봤다. 난 더 이상 움직일 수가 없었다.

☆
SOUL 측정 카페

"드디어 왔다. 내리자."

"잠자코 따라오라고 해서 오긴 왔다만 그래 여기가 도대체 어디냐?"

친구 샬럿의 부름을 받고 행선지도 모른 채 따라온 자크가 차에서 내리면서 물었다.

"여기? 아주 흥미로운 곳이지. 요즘 연인들의 핫플레이스! 하지만 여기가 어떤 곳인지 알았다면 넌 안 왔을걸?"

샬럿은 자크의 호기심을 잔뜩 자극한 채 자갈이 놓인 길을 저벅저벅 걸어 건물로 향했다.

"우린 연인도 아니잖아. 대체 어떤 곳인데?"

자크는 샬럿의 뒤를 따라 걸으며 오는 내내 차에서 졸다가 부스스해진 머리를 긁적이며 궁시렁거렸다.

"뭐 특별할 것 없는 평범한 카페 같구먼."

자크는 도착한 건물의 외관을 한번 훑고는 말했다.

"일단 들어가자."

떨떠름한 자크와 달리 샬럿의 표정엔 이곳에 온 설렘이 가득했다.

감성적이고 세련된 인테리어에 외벽이 큰 창으로 되어 있어 주변 나무들이 고스란히 보였다. 카페 안에 있는데도 숲속에 있는 것 같았다.

"일단 주문부터! 난 '아아'. 넌?"

"난 '뜨아'. 그리고 저기 너무 예쁘고 맛있어 보이는 티라미수도 하나!"

아이스 아메리카노와 뜨거운 아메리카노, 티라미수 케이크 한 조각을 주문한 샬럿과 자크는 지금 막 나간 손님들이 앉았던 창가 자리로 갔다.

"뭔데 이렇게 뜸을 들여? 여기가 왜 흥미롭다는 거야?"

자크는 궁금함에 샬럿을 다그쳤다. 샬럿은 자크의 말을 듣는 둥 마는 둥 신경도 쓰지 않고 상체를 앞뒤로 리듬을 타며 자연스럽게 주변 테이블을 탐색했다. 그러고 나서 뭔가 알아냈다는 듯 테이블 옆에서 버튼 하나를 눌렀다. 그러자 테이블 둘레로 빛이 한 바퀴를 휘리릭 돌다가 잠시 은은한 빛을 유지하더니 서서히 사라졌다.

"뭐야! 테이블에 불이 들어오네?"

이곳의 정체를 궁금해하던 자크의 관심은 은은하고 사각

사각한 조명이 들어오는 테이블로 옮겨졌다. 의자를 뒤로 빼서 위, 아래, 옆을 들여다보며 자크는 샬럿이 눌렀던 버튼을 다시 껐다 켜보기도 했다. 역시 테이블의 버튼을 켜면 은은한 불빛이 한 바퀴 돌고 사라졌다.

"테이블이 근사하긴 하네."

자크의 말이 끝나자 테이블의 둘레에 은은한 불빛이 다시 슬며시 들어왔다.

때마침 주문한 음료가 준비되었음을 알리는 진동벨이 울렸다.

"내가 가져올게."

샬럿이 말했다.

둘이 이야기하는 와중에도 카페의 다른 자리에는 불빛이 은은히 들어왔다 사라졌다를 반복했다. 조명은 현란하지 않고 눈이 부시지도 않으며 주변 청량한 숲의 조도와 아주 잘 어울렸다. 자크는 커피를 한 모금 마셨다.

"음. 커피 괜찮네."

샬럿이 자극한 호기심으로 한껏 달아올랐던 자크는 커피 한 모금에 여유를 찾은 듯했다.

"그래, 이곳이 왜 흥미로운 곳인지 아는 게 뭐 중요하겠냐? 맛있는 케이크 앞에서."

자크는 입맛을 다셨다. 그러고는 케이크를 살짝 덜어 포크

위에 올려 입으로 가져오려 했다. 그런데 그때 갑자기 뒤에 앉아 있던 여자가 벌떡 일어나 뛰어나가면서 자크의 팔꿈치를 쳤다. 케이크는 공중에서 한 바퀴 돌아 자크의 허벅지에 툭 떨어졌다.

"헐."

빠르게 피하려 했지만 새로 입은 하얀색 바지 위에 속절없이 떨어진 케이크를 보며 자크는 황당한 표정을 지었다. 여자는 "죄송합니다"라는 말만 빠르게 남기고 뒤도 돌아보지 않고 부리나케 나갔다. 같이 앉아 있던 남자도 그 뒤를 따랐다. 카페 사람들의 시선이 모두 그곳으로 향했다.

"아! 뭐야! 미안하다고만 하면 다야? 짜증 나."

자크의 미간에 주름이 진하게 파였다. 자크는 바지에 묻은 티라미수 가루를 털어내려 고개를 숙여 입으로 불었지만 그렇게 쉽게 털어지지 않았다. 냅킨으로 털어낼수록 바지에 남은 자국이 더 진해졌다.

"이해해라. 연인 간 사랑싸움에 눈에 보이는 게 있겠냐?"

샬럿은 덤덤했다.

"커플이면 다야? 모태솔로 열 받게."

자크는 바지의 얼룩을 수습하기 위해 노력했다. 그때 또 저쪽 입구의 한 커플도 비슷한 모습으로 카페를 나갔다.

"카페는 숲에 들어온 듯 평온한데 왜 다들 화나서 나가는 거야? 터가 안 좋나 보다. 이참에 나도 나가버릴까."

자크는 그다지 기분이 좋지 않은 표정으로 다시 케이크를 떴다.

"그게 다 이 테이블 때문이야."

샬럿이 말을 이어갔다.

"이 테이블이 뭐."

자크는 퉁명스럽게 받아쳤다.

샬럿은 테이블을 향해 상체를 숙여 자크에게 조금 더 가까이 다가가 작은 목소리로 말했다.

"이 테이블은 이 카페를 흥미롭게 만들어주는 비밀을 품고 있어."

"무슨 비밀? 너 빨리 말 안 하면 나도 뛰쳐나갈 거야."

자크는 여전히 뾰로통하게 받아쳤다.

"이 테이블. 이 테이블은 영혼을 측정해."

샬럿이 진지하게 말했다.

"뭔 소리야? 뭘 측정한다고? 별소리를 다 듣겠네."

자크는 자신이 제대로 들은 게 맞는지 황당하다는 표정으로 재차 확인했다.

"소~ 울~ 영! 혼!"

샬럿은 정확한 발음으로 나지막하게 말했다.

자크는 샬럿의 말에 어떤 반응을 해야 할지 길을 잃었다.

"저 사람들도 다 이런 엉뚱한 소리를 듣고 나간 거 아니
야?"

자크는 알 듯 모를 듯한 샬럿의 행동이 오늘 계속 마뜩잖다.

"이해해. 나도 처음엔 이런 게 가능한지 믿지 못했거든. 하
나만 묻자! 네가 내 친구라면 말해봐. 내가 제일 싫어하는 게
뭐지?"

샬럿이 진지하게 물었다.

"그야…"

자크는 샬럿의 눈을 맞추며 이런저런 생각을 머금다가 말
했다.

"빈말이지."

"맞아. 역시 넌 날 잘 알아. 나를 모르는 사람의 칭찬보다
는 차라리 악플을 좋아할 정도로 말이지. 내 말은 지금 하는
얘기 역시 헛소리가 아니라는 거야."

샬럿이 단호하게 말했다. 둘의 대화엔 찰나의 정적이 흘렀
다. 샬럿이 커피를 빨대로 한 모금 마신 후 둘의 대화는 다시
이어졌다.

"내가 사회생활을 시작하면서 제일 힘들었던 게 뭔지 알
아?"

샬럿이 물었다.

"뭐지? 이 진지함은?"

자크는 앞으로 숙였던 몸을 뒤로 젖혔다.

"난 말이야, 사람들의 말을 해석하는 게 제일로 어려웠어."

"사람들 말 해석? 회사에 외국인이라도 있어?"

자크는 샬럿이 끌고 가려는 대화의 방향이 짐작되지 않았다.

"차라리 외국인이면 더 낫지. 나와 같은 언어를 쓰는 사람들의 말을 해석하는 게 더 어려웠다는 말이지."

"무슨 말인지 도통 모르겠네."

자크는 고개를 갸웃거렸다.

"정말 바보같이 들리겠지만… 아주 어이없는 예를 하나 들면… 난 사람들이 '나중에 밥 같이 먹자'라는 말이 다 진짜 인 줄 알았어."

샬럿은 오른쪽 얼굴을 찡긋거리며 이 말을 하는 것에 매우 용기를 냈다는 표정을 지었다.

"뭐? 멍청이. 쯧쯧. 그야 그건 인사지. 지킬 수도 있고 안 지킬 수도 있는 인사 말이야."

자크는 샬럿이 한심하고 답답하다는 듯 고개를 흔들며 말했다.

"그래. 이젠 나도 알게 되었지만, 비단 그것뿐 아니라 뭐라 구체적으로 딱 말하자면 또 할 말이 없긴 한데 암튼 사람들 에겐 겉말과 속말이 있다는 걸 처음엔 정말 몰랐다고."

"뭐 그런 게 많기야 하지. 빈말인 경우도 있고, 가식인 경우도 있고, 체면 때문에 마음에 없는 말을 할 때도 있고, 헛소리인 경우도 있고. 여러 가지지."

자크가 말했다.

"그래. 그 말들은 옳은 것과 그른 것에 대한 답이 없다 보니 사람들이 그냥 막 던져놓고 아니면 그만이라고 하는 식이더군. 그중에서 가장 이해가 되지 않았던 건 맘에 없는 칭찬을 하는 사람들이고. 앞에선 칭찬을 하다가 뒤에 가선 엉뚱한 말을 하더라고. 왜 칭찬을 가식적으로 하지? 왜 그렇게 해야 하는지는 아직도 이해가 안 돼. 진심이 아니라면 차라리 아무 말도 안 하면 안 돼? 그리고 정말 칭찬하고 싶을 때만 말하고 말이야."

샬럿은 뭔가 쌓인 게 많은 듯 계속해서 말을 토해냈다.

"지난번엔 상사가 '괜찮다'고 해서 우리 동기들끼리 회식을 갔어. 그런데 다음날 상사가 내내 까칠하더라고. 왜 그런지 영문을 모르고 있었는데 주변 얘길 들어보니 사람들이 겉으로 말한 그대로 받아들이면 안 된다는 거야."

샬럿의 목소리는 점점 더 커졌다.

"왜? 왜! 왜 그냥 딱 까놓고 정확하고 솔직하게 말하지 않고 돌려 말해서 그것을 해석해야 하는 상황으로 만드는 거지? 듣는 사람은 그걸 일일이 해석해야 하는 거야? 그 말을 그대로 받아들인 내가 바보가 되는 건 한순간이더라고."

샬럿은 뭔가 맺힌 게 많은지 울그락불그락한 얼굴에 그간 해석할 수 없었던 사람들의 말더미에 체했던 감정이 올라오는 듯 보였다.

"너 지금 혼자 팔딱이는 게 갓 잡아 올린 물고기 같아."

자크는 친구의 성격을 너무 잘 알기에 사회생활로 힘들어한 샬럿이 안쓰러웠지만 딱히 자신이 무엇을 도와주어야 할지 몰라 난감했다.

"이런 다 지나간 이야기를 하려는 건 아니었는데. 얘기하다 보니 엉뚱하게 넋두리가 되어버렸네."

샬럿은 머쓱한 표정으로 창밖의 숲을 응시했다. 바람이 불자 나뭇잎의 앞뒤가 교차하면서 온갖 종류의 초록색이 어우러졌다.

"멘사 회원에 연봉 높은 엘리트라 해도 사는 게 쉽지는 않구나. 힘들어하는 너에게 내가 어떤 말을 해줘야 하는지 몰라 더 미안해."

자크도 친구를 위해 어렵게 말했다.

"미안하긴… 누굴 탓하겠어? 내 못되고 예민한 성격을 탓해야지."

샬럿은 계속해서 말했다.

"과장해서 말하고, 생각 없이 말하고, 정확하지 않게 말하는 것이 싫다 보니 사람 말의 진심 정도를 측정할 수 있는 해석기가 있다면 얼마나 좋을까 생각하곤 했어. 그런 나에게 아주 놀라운 정보가 들어왔지. 오늘 널 만나서 해주고 싶은 이야기가 바로 그거야. 거짓말은 아니지만 또 진실도 아닌 누군가의 말에 담긴 가짜의 정도를 파악할 수 있다는 측정기의 존재."

샬럿이 한껏 목소리를 낮췄다.

"거짓말 탐지기라면 나도 알아."

자크가 별로 새롭지 않다는 듯한 표정으로 말했다.

"아니! 거짓말 탐지기와는 달라. 거짓말 탐지기는 '참말'이 존재할 때 작동하는 거잖아. 답이 명확하고, 결과가 진동으로 나타나지. 그런데 내가 말하는 건 그게 아니야. '참말'인지 아닌지가 중요하지 않은 빈말, 헛소리, 가식적인 말의 정도를 측정할 수 있는 기계를 말해. 영혼을 얼마나 담은 말인지를 나타내는 거야. 비율로 나오는데 그 결과 값이 결국 그 말에 담긴 영혼의 정도라고 보면 돼. 그 기계의 설계자도 나처럼 생각 없이 말하는 태도에 대한 경각심을 주고 싶어 만들었다더군."

샬럿은 긴 설명을 덧붙였다.

"금시초문인데?"

자크는 고개를 갸웃거렸다.

"그도 그럴 것이 그 측정기는 알음알음으로 전해지고 있거든. 비밀 아닌 비밀이 되어버린 거지. 왜냐? 나 같은 예민한 사람들이 그 기계의 주고객일 텐데 이런 성격의 사람들이 친구가 많을 리 없잖아. 당연히 덜 알려지겠지."

샬럿은 이 장치에 대해 많은 생각을 한 게 분명했다.

"그럼 네 말이 오늘 이 테이블과 관련이 있다는 거야? 좀더 알아듣게 말해줄 수 없어?"

케이크와 주문한 커피를 다 비운 자크는 이해가 안 된다는 표정을 지었다.

"그럼 티 나지 않게 저기 저쪽을 한번 쳐다봐."

샬럿이 복화술을 했다. 자크는 자연스럽게 카페를 살피는 척하며 샬럿이 보라는 곳을 훑어봤다.

"테이블의 연인들, 아주 행복해 보이지?"

샬럿이 물었다.

"그야. 데이트할 땐 다 그렇지!"

자크가 답했다.

"우리와 다른 게 뭐가 있어?"

샬럿이 물었다.

"글쎄. 저긴 남녀. 여긴 남남?"

자크가 말했다.

"테이블. 테이블을 봐봐."

샬럿이 말했다. 자크는 다시 한 번 자연스럽게 훑어봤다.

"음… 저긴 테이블에 불이 계속 들어와 있네. 우리 테이블은 켜졌다가 꺼지곤 하는데."

"이 카페에선 바로 이 테이블에 내가 말한 영혼 측정 센서가 설치되어 있어. 영혼이 담긴 퍼센트에 따라 테이블 주변에 불이 들어오는 거야. 저렇게 계속 켜졌다는 건 저 말을 하는 사람은 영혼이 꽉 찬 멘트를 하고 있다는 표시지. 진심에 가까운 거라 보면 돼."

샬럿이 말했다.

"내 생각엔 저 남자는 이곳 테이블의 비밀을 모르는 것 같고 이곳으로 데려온 건 여자일 거야. 여자는 남자가 말할 때 테이블을 보잖아. 진정성을 탐지해주는 것을 보는 거지. 봐봐! 테이블 둘레에 불이 다 들어왔네. 저 남자는 지금 100퍼센트 진심을 다해서 말을 하고 있는 거야."

샬럿이 말했다.

"여자들은 자기와 만나는 이 사람이 자신에게 온전히 정신을 두고 있는지를 직감으로 안다던데 그 직감을 시각화한 거군. 좀 섬뜩한데?"

자크는 어떤 표정을 지어야 할지 몰랐다.

"난 이 테이블에 앉아서 전원을 켰을 때부터 너의 말이 끝날 때마다 들어오는 불빛을 보고 있었어."

"그렇겠네. 이런… 내가 뭐라고 했더라?"

"적절한 빈말과 진심이 오가더군."

샬럿이 말했다.

"아하하하하. 땀이 나는걸?"

자크는 알고 나니 편한 친구 앞인데도 말을 하기가 조심스러웠다.

"이 측정기는 다양하게 사용되고 있어. 어떤 회사는 회의실에 입장할 때 그 사람의 현재 영혼 상태를 측정하기도 한다더군. 지난번 코로나 상황에서 입구마다 열화상기를 설치해서 사람이 지나갈 때마다 체온이 몇 도인지 확인했던 거 기억하지? 그와 같은 원리로 지금 이 사람의 정신 충전 상태가 측정된다는 거야. 회의실에 들어올 때 영혼을 다해서 일하지 않는 사원은 바로 표시가 나는 거야. 최고의 컨디션으로 임해야 하는 거지. 진심을 다해서."

"몸은 있지만 정신은 딴 데 있는 사람들은 영락없이 걸리겠군. 우리 사장님이 알면 난 회사 잘리겠는데? 솔직히 가끔 영혼 없이 출근할 때도 있거든. 그저 한 주를 통과할 영혼만 겨우 충전할 때도 있고. 이젠 일도 못 하고 연애는 더 영영 못하게 되겠어. 이쯤 되면 매우 혼란스럽군. 이게 좋은 건지 나쁜 건지 난 잘 모르겠어. 넌 좋니?"

자크가 물었다.

"난 좋아."

혼란스러워하는 자크와는 대비되게 샬럿의 답은 명쾌했다.

"불필요하게 그 사람 말을 해석해야 하는 번거로움이 없어져서. 측정해서 빈말이면 씹으면 되는 게 명확해졌어. 그리고 역으로 생각하면 일을 할 때도 100퍼센트 영혼이 필요하지만 그건 휴식을 할 때도 필요하다고 생각해. 밀린 일이나 다른 생각을 하느라고 온전한 휴식을 취하지 못하는 경우가 많았는데 100퍼센트 휴식에 집중할 수 있게 나를 컨트롤하는 데 도움을 받을 수도 있을 것 같고."

샬럿은 이 기기의 용도를 다양하게 생각했다.

"그래. 그렇게 또 이용될 수도 있겠네. 그렇지만 지금처럼 너무 많은 사람이 알지 않았으면 좋겠어. 측정할 수 있다고 해서 모두 측정해야 하는 걸까? 모든 것을 측정한다고 우리가 더 행복해지는 건지 아직은 잘 모르겠거든."

자크는 꺼진 테이블을 물끄러미 보며 말했다. 신이 난 샬럿과 달리 자크의 얼굴엔 고민이 많아 보였다.

"그런데 빈말은 꼭 필요 없는 걸까?"

자크가 되물었다. 그리고 창밖의 숲을 한참을 보더니 말을 이어갔다.

"넌 내가 사춘기 아주 심하게 앓은 거 알지?"

자크가 샬럿을 바라봤다.

"사네 죽네 했던 사춘기는 누구나 다 있지."

한참을 신이 나서 떠들던 샬럿은 자크의 시선을 피해 고개를 떨구며 작은 소리로 말했다. 테이블엔 불이 들어오지 않았다.

"너 지금 한 말, 빈말 아니니? 너의 사춘기는 그렇지 않았잖아. 내가 널 몰라?"

자크가 샬럿에게 물었다. 샬럿은 당황한 듯 보였다.

"몇 번의 자해를 하면서 우울증을 버텨낼 때 사람들이 나에게 한 말들을 기억해. 용기 내라는 말, 누구나 다 힘들다는 말, 아마 네가 나한테 제일 많이 했을걸?"

자크는 조곤조곤 말을 이어갔다.

"그 위로의 말들이 다 나를 완전히 이해해서 했다고 생각하지 않았지만 난 그래도 위로를 받았거든. 날 잘 모르는 사람들이 건성으로 하는 말조차도 그때 나에겐 잡고 싶은 희망이었어."

한참 동안 신이 나서 말하던 샬럿은 말 없이 테이블만 바라보고 이제는 자크가 속에 담아둔 말을 꺼냈다.

"그 위로들 중에 빈말도 있다는 걸 알았지만 그걸 핑계로 용기 내서 살았거든. 그 경험으로 나도 누군가를 위로하기도 하고. 사회생활 하면서 매일 속과 다른 말을 하면서 살아. 뭐 그게 서로에게 좋은 윤활유, 양념이라고 생각하거든. 사람이 좀 적당히 넘어도 가고 그럭저럭 빈말도 하면서 지내는 거

지. 사람 사는 게 다 그런 거 아니겠어? 크게 중요한 사항이
아니면 좋은 게 좋다고 그냥 넘어가거든. 네가 제일 친하다
고 생각하는 나도 사실 네가 싫어하는 그런 부류의 사람 중
하나야. 나도 사람들한테 과장해서 말하고 생각 없이 말하
고 그래. 너를 만날 때만 빈말이라고는 잘 할 줄 모르는, 직설
적이고 단순한 사람인 척하는 거지. 네가 나에게 실망하지는
않을까, 너를 잃게 되지 않을까 하는 여러 생각이 들어서 말
이야. 그러니 이 테이블이 꼭 좋지만은 않아. 불편해."

자크가 말하는 동안 테이블의 불은 계속 켜져 있었다. 자
신과 생각이 같을 줄 알았던 자크의 솔직한 말에 샬럿은 어
찌할 바를 몰랐다.

"내가 말을 돌리지 않고 하니 오히려 네가 당황한 듯 보이
는데. 아니야?"

자크가 물었다. 속마음을 들킨 샬럿은 어깨만 들었다 내렸
다. 그렇게 두 사람은 잠시 동안 아무 말 없었다. 가끔 창 너
머 숲의 바람결을 바라볼 뿐이었다. 말이 오가지 않으니 테
이블에도 불이 켜지지 않았다. 이곳에 자크를 데려올 땐 설
레고 상기됐던 샬럿은 서서히 차분함을 찾은 듯했다. 샬럿은
자크의 말을 곱씹는 듯 이리저리 눈을 굴리다가 허리를 굽히
더니 테이블의 전원을 껐다.

2020년 1월 20일 저와는 상관없을 줄 알았던 뉴스를 시작으로 지금까지 왔습니다. 저는 우리의 일상이 앞으로 어떻게 흘러갈지 팔짱을 낀 채 주시하고 있습니다. 무관심과 무책임이 느껴지는 '팔짱을 낀' 자세와 초집중해서 바라보는 '주시'라는 어울리지 않는 조합은 놀랍게도 신중한 고민의 결과입니다. 코로나19 유행에도 저는 먼저 계획을 하고 그에 따라 실천을 해나가는 기존의 방식대로 일을 진행했습니다. 하지만 처음에 열심히 짰던 계획들은 제가 어찌할 수 없는 상황으로 아주 여러 번 번복되기 시작했습니다. 최종, 최최종, 최최최종으로 이름 매겨져 쌓여가는 계획서를 뜯어고치는 시행착오를 반복하며 매우 피로해져 갔죠. 그러던 어느 날, 문득 정신이 들었습니다.

"이 바이러스가 진정 원하는 것은 사람들을 '종료 없는 무한 리부팅'의 상태에 빠지게 해서 지치게 만드는 것이 아닐까? 어쩌면 난 이 새로운 상황을 통과하는 데 아무런 전략 없이 이전 방식대로 묻어가는 안일함에 빠져 있었던 건 아닐까?"

그래서 다시 생각했습니다. 계획을 세우고 번복하는 과정을 반복하며 성실함과 책임감을 낭비하느니 당장은 아무것도 안 하는 것처럼 보여도 일단은 이전에 경험하지 못했던 이 상황을 제대로 관찰하자. 이런 상황이기에 더 잘할 수 있는 방식을 찾아 일을 진행해보자는 생각을 하게 됐죠. 그렇다면 먼저 돌아봐야 했던 건 저의 기존 행동방식이었습니다.

"계획을 세우고 실천하는 프로세스에서 내가 궁극적으로 얻었던 것은 무엇일까?"

그 과정을 통해 얻고자 한 것은 궁극적으로 여유, 즉 시간이었습니다. 결국 내가 항상 미리 계획을 세우고 실천하는 부지런함으로 저축한 것은 나만의 시간이었음을 깨달았습니다. 그렇게 모아놓은 시간 속에서 상상력을 재료로 집중해서 그동안 글을 쓸 수 있었지요. 그렇다면 이번처럼 미리 계획을 세우지 못하거나 계획을 세워도 뒤집히는 상황에서는 어떻게 시간을 만들고 글을 써야 할까? 예측할 수 없는 긴장된 상황에서 그때그때 임기응변식으로 살아야 한다면 시간을 가지지 못한 게 아닐까? 하지만 다행히 전혀 불가능한 것은 아니었습니다. 순간순간 바뀌는 상황이라면 짧은 주기로 계획을 세우고 실천하면 되는 거였습니다. 즉 여유 시간이 이전보다 길지는 않아도 '짧게짧게' 시간은 저축이 가능했습니다.

대신 어디를 가는 것이 자유롭지 않으니 사색을 이끄는 마중물 역할을 해준 것은 내 방과 내 물건이었습니다. 18세기, 그자비에 드 메스트르 작가의 『내 방 여행하는 법』은 이 사색 여행에서 훌륭한 가이드였습니다. 여유 시간의 조각에 따라 상상의 필터를 바꿔가며 글을 썼습니다. 이 단편소설집은 그 사색의 조각 여러 개를 이어 켜켜이 서로 다른 실로 엮어 만든 덕분에 규칙이 없어 더 아름다운 조각보 같은 책이 되었습니다.

요즘만큼 많은 문자를 읽은 적이 있었나 돌아봅니다. 저는 평소에 즐기던 전시, 공연을 가지 못하는 대신에 책을 펼치는 시간이 늘어났습니다. 상상력의 수집을 위해서 가장 많이 선택한 매체가 책이었습니다. 매주 나오는 신간들 속에서 놓치면 안 될 것 같은 책을 읽다 보면 욕심이 자꾸 납니다. '이 세상의 모든 것을 알 수는 없잖아'라는 생각이 들면서 아주 쉽게 정보를 얻을 수 있는 세상이 왔으면 좋겠다는 상상에서 출발한 첫 번째 조각 〈정보통조림가게〉입니다.

두 번째 조각 〈책복원가〉로 이끌어준 것은 내 방 책장 위 가장 구석에 있는 책이었습니다. '저 책을 꺼내 본 게 언제였나? 난 왜 일 년이 가도 손길 한 번 주지 않는 저 책을 버리지도 않고 갖고 있을까? 새로운 책을 꽂을 자리가 없다면서 왜 그곳에 책을 두어 먼지가 쌓아가길 기다리고 있는 건가?' 이런 생각에서 주인공 바르트가 등장했습니다. 여러분도 책꽂이에 무심히 두었던 책이 있으신가요?

방에서 보내는 시간이 많다는 건 스스로에 대해 묻는 시간이 많아져서 내적으로 더 성장한다는 것을 의미했습니다. 인생은 결국 나를 알아가는 과정이니까요. 그 과정에서 우리는 독백, 기도 등 다양한 형태로 마음속 대화 상대를 갖습니다. 가장 사적인 공간, 그 상대를 치열하게 설득해가며 자신도 성장해가죠. 세 번째 조각 〈만남〉은 방에서 보낼 때마다 사람들은 어떤 대화 상대와 말을 할까? 상상하며 써 내려갔습니다.

네 번째 조각 〈비밀생중계〉는 노트북의 카메라와 관련된 뉴스에서 시작되었습니다. 사상 처음으로 접하는 온라인 개학을 맞이하면서 수업을 촬영하기 위해 이런저런 프로그램을 깔았는데, 그때 방에 있는 노트북 카메라가 몰래 카메라가 될 수도 있다는 뉴스를 들었기 때문이죠. '나의 가장 사적인 공간이 중계가 된다면 어떨까?'에서 출발한 생각은 '나의 비밀이 중계가 된다면?'으로, '과연 비밀은 지켜지는 것일까?'로 확장되어 갔습니다. 어릴 적 읽던 〈임금님 귀는 당나귀 귀〉라는 동화의 내용처럼, "이건 비밀인데"라는 단서가 붙는 말은 저만 모르고 다 알고 있는 상황이 더 많았으니까요. 비밀에 대해 생각해본 이야기입니다. 비밀이라는 말을 하는 순간 이미 드러난 말이 된 것이 아닐까요?

집에 있는 시간이 많다 보니 잘 하지 않는 청소를 하기도 했습니다. 다섯 번째 조각 〈분더캄머 대화관〉은 예전에 종이로 받아보던 스마트폰 사용 내역서를 버리려고 정리하면서 알게 된 사실에서 출발했습니다. 과거에는 직접 통화를 주로 했다면 최근엔 문자 메시지를 더 많이 보내고 있더군요. 또 언제부턴가 어려운 부탁이나 불편한 감정을 대화보다는 문자와 이모티콘으로 전하게 되는 경우가 더 많아지고요. 이러다 앞으로 얼굴을 직접 보고 하는 대화가 사라지는 세상이 오지 않을까란 생각이 들었습니다. 많은 일상의 만남을 비대면으로 하는 요즈음 그런 세상이 덜컥 와버렸다는 생각을 한 조각의 이야기로 담았습니다.

엄마는 연세가 들수록 부엌에서 더 많은 소리를 내십니다. 손의 움직임이 서투시고 어디에 무엇이 있는지 여러 번 열어서 확인을 하셔야 되기 때문이죠. 힘들게 요리를 많이 하시는데 버리는 음식은 예전보다 많아지는 것 같아 내색하지 않지만 속으로 슬플 때가 이따금 있습니다. 새벽에 들리는 엄마가 밥상 차리는 소리를 들으며 언젠가 저 소리를 들을 수 없을지도 모른다는 사실에 써 내려간 이야기가 여섯 번째 조각 〈소리를 찾아서〉입니다. 여러분은 없어지지 않게 녹음해 두고 싶은 일상의 소리가 있나요?

집에서 영화를 하나 보는데 너무 많은 욕이 나와서 끝까지 보지 못하고 껐습니다. 청소년들이 자주 보는 게임 중계 영상을 보니 대부분이 욕이더군요. 욕이 일상화된 것인가요? 욕을 하면 상대에게 좀 더 친근하게 보이거나, 솔직하다거나 강해 보인다고 생각하는지도 모르겠습니다. 건강을 해치는 미세먼지에 공기청정기를 사용하듯이 정신건강을 해치는 욕을 흡수하는 청정기가 있었으면 하는 상상에서 일곱 번째 조각 〈언어공주〉를 상상의 조각에 얹었습니다. 미래의 창업 아이템이 될까요?

여덟 번째 조각 〈배경인〉은 어느 날 방구석에서 중학교 때 일기장 속에 있던 성적표를 우연히 발견하고 떠오른 이야기입니다. '과연 나를 기록한 것들을 찾아 다시 복원하면 내가 나올까?', 그리고 '과거의 누군가에게 기억된 나는 어떤 모습일까?', '학창시절 선생님의 말씀대로 나는 되었는가?' 어릴 적 부모님은 우리의 모습을 하나라도 놓칠라 영상에 담으셨죠. 그래서 우리는 세상의 주인공인 줄 알지만 세상의 주인은 내가 아니라는 사실을 깨달아야 철이 듭니다. 열심히 산다고 잘살게 되는 것은 아니라는 현실도 조용한 체념으로 오게 되죠. 뉴스를 통해 간접적으로 만나는 누군가에 투영한 인물을 그려봤습니다.

아는 분이 갑자기 돌아가셨습니다. 어려운 시기에 조문을 하고 돌아왔는데 아직 SNS 메신저에 이름이 그대로 있었습니다. 만약 소식을 접하지 못했다면 연락을 할 수도 있었던 상황이죠. 다만 상대가 직접 받지는 못했겠지만 말이지요. 세상에 미련이 있는 영혼이 그냥 떠나려다가 아직 살아 있는 자신의 계정을 통해 이야기를 전하는 상상을 했습니다. 가장 미련이 남을 사연은 이루어지지 못한 사랑이 아닐까 생각하면서요. 아홉 번째 조각 〈마지막 인사〉입니다.

학교라는 건물은 등교 시스템상으로는 아주 완벽한 안전

지대입니다. 코로나19 여파로 학교에는 열화상기가 설치되었습니다. 열화상기를 통해 건강이 확인된 학생들이 학교 건물로 들어옵니다. 등교하는 매일 아침 학생들이 통과하는 열화상기에 적힌 체온을 보면서 '내 영혼의 상태가 측정이 된다면 지금 난 얼마일까?'란 생각을 하게 되었습니다. 그렇게 쓴 이야기가 열 번째 조각 〈SOUL 측정 카페〉입니다.

아이들이 뛰놀지 않으니 학교 운동장엔 다양한 풀들이 무성하게 자라 녹지대를 형성했습니다. 다른 사람과 만나지 않는 시간 동안 여러분에게는 마음속을 치유하는 녹지대가 생겼나요? 아니면 외로움이 생겼나요? 시대를 초월한 생각의 공유는 책을 통해서만 가능한 일입니다. 18세기 작가의 안내를 따라 저만의 사색을 떠나는 제 책이 혼자 있는 시간에 여러분의 생각으로 연결되길 희망합니다. 이 책은 〈만남〉 속 코코가 하늘로 들어갔던 문처럼 독자분들이 제가 만든 공간으로 들어오는 문입니다. 여러분을 초대합니다. 끝나지 않고 계속될 것만 같은 각 이야기에 함께 상상을 얹어가며 힘든 이 시기를 서로 의지하며 잘 건너길 바라봅니다.

2020년 방구석에서

비밀생중계

1판 1쇄 펴냄 2021년 1월 11일
1판 4쇄 펴냄 2022년 8월 17일

지은이 김상미

주간 김현숙 | **편집** 김주희, 이나연
디자인 이현정, 전미혜
영업·제작 백국현 | **관리** 오유나

펴낸곳 궁리출판 | **펴낸이** 이갑수

등록 1999년 3월 29일 제300-2004-162호
주소 10881 경기도 파주시 회동길 325-12
전화 031-955-9818 | **팩스** 031-955-9848
홈페이지 www.kungree.com
전자우편 kungree@kungree.com
페이스북 /kungreepress | **트위터** @kungreepress
인스타그램 /kungree_press

ISBN 978-89-5820-706-1   03810

책값은 뒤표지에 있습니다.
파본은 구입하신 서점에서 바꾸어 드립니다.